KB269191

플라스틱 행성의
기후변화 이야기

소금북 산문선 02

플라스틱 행성의 기후변화 이야기

ⓒ우승순, 2022. printed in seoul, Korea

초판 1쇄 인쇄 2022년 11월 25일
초판 1쇄 발행 2022년 11월 30일

지은이 | 우승순
펴낸이 | 박옥실
디자인 | 유재미 정지은

펴낸 곳 | 소금북
등록 | 2015년 03월 23일 제447호
발행 | 춘천시 행촌로11, 109-503 (우24454)
편집 | 서울시 중구 퇴계로50길 43-7 (우04618)

전자주소 | sogeumbook@hanmail.net
구입문의 | ☎ (070)7535-5084, 010-9263-5084

ISBN 979-11-91210-10-1 03810

값 13,000원

*이 책의 내용의 전부 또는 일부를 재사용하려면 반드시 저작권자와
 소금북 양측의 동의를 받아야 합니다.
*지은이와의 협의로 인지는 생략하며, 잘못된 책은 교환해 드립니다.
*이 책의 국립중앙도서관 출판도서목록은 서지정보유통지원시스템
 홈페이지(http://seoji.nl.go.kr)와 국가자료공동목록시스템
 (http://www.nl.go.kr/kolisnet)에서 이용하실 수 있습니다.

• 이 책은 2022년 춘천문화재단의 전문예술지원금으로 발간되었습니다.

소금북 산문선 02

플라스틱 행성의
기후변화 이야기

우승순 환경에세이

소금북
sogeumbook

책을 내면서

가끔은 우연이 필연이 될 때가 있다.

어느 날 전철 안에서 누군가 "겨우 1.5도 때문에 이 난리야?"라는 말을 듣는 순간 스치는 생각이 있었다. 눈만 뜨면 온실가스를 줄이고 쓰레기를 감량하자는 구호들을 귀가 닳도록 듣지만 정작 기후변화나 플라스틱에 대해 모르는 것이 너무 많았다. 마치 수학공부를 할 때 공식으로 계산식만 열심히 풀다보니 그 공식의 원리나 이치를 깨닫는 과정을 소홀히 한 것 같았다. 널리 회자되고 익숙해진 문제들이지만 막상 정확하게 설명하려면 머뭇거렸던 부분들을 알기 쉽게 정리해야겠다는 생각이 들었고 이 책을 쓰게 된 동기가 되었다.

21세기는 기후변화와 플라스틱이 지구촌의 화두다. 생활 곳곳에서 기후변화의 조짐들을 경험하고 있고 플라스틱 쓰레기는 끝없이 바다로 흘러들고 있다. 사과의 주산지가 대구에서 춘천이나 양구까지 북상하였고 동해에서는 한류성 어류인 명태가 사리지고 고등어와 멸치 같은 난류성 어류가 많이 잡힌다. 바닷새나 물고기가 플라스틱을 먹고 영문도 모른 채 배가 불러 굶어 죽는 아이러니가 발생되고 있으며 미세플라스틱은 바다 생물의 먹이사슬을 통해 부메랑이 되어 인간의 식탁에 오를 지경에 이르렀다. 이미 여러 경로를 통해 인간도 미세플라스틱을 먹고 있다. 여름이 길어지고 겨울이 짧아지면서 얼음이 얼지 않거나 눈이 오지 않아 겨울축제가 취소되기도 한다. 이제 기후변화와 플라스틱의 역습은 상상이 아닌 일상이 되어가고 있다.

이 책에서는 기후변화와 플라스틱을 주제로 평소 궁금했던 내용들을 가능한 상식 수준에서 정리하고자 하였다. 기후분야는 탄소중립, 수소, 탄소발자국을 중심어로 선택하였고, 플라스틱 분야는 플라스틱의 정체, 해양 생물, 과대포장을 이야기의 세 기둥으로 삼았다. 마지막 부분에는 환경법이 걸어온 길과 관련 정책 등을 소개하였다. 플라스틱이나 온실가스를 줄이기 위한 세부적인 실천방법 등은 정부의 관련 사이트에 잘 정리되어있기 때문에 이 책에서는 가능한 생략하였고 대신 기후변화의 추세나 플라스틱의 성격 등을 알아보고 정책을 소개하는 데 중점을 두었다. 평생 환경 분야에 몸 담아오면서 자연과 인간의 삶에 대해 느꼈던 소회와 철학을 가미하여 차별성을 갖고자 하였다. 좀 더 쉽고 재미있게 쓰지 못한 아쉬움도 있다.

글 중에 가장 재미없는 분야가 환경일 수 있다. 물론 어떤 주제든 쉽게 써지는 글은 없겠지만 특히 환경은 의무나 책임감에 대한 부담이 있다. 예를 들어 기후변화나 플라스틱하면 곧바로 대중교통, 장바구니, 분리배출, 재활용 등의 이미지가 연속해서 떠오르고 이어서 아껴 쓰고, 버리지 말고, 하지 말라는 압박이 느껴지기 때문에 전혀 흥미롭지 않다. 때로는 경각심을 울리고 관심을 유도하기 위해 과장되고 자극적으로 표현되면서 도망가고 싶은 생각이 들 때도 있다. 인류에게 가장 절실해야 할 언어가 마치 "늑대가 나타났어요!" 라는 이솝우화처럼 점점 무관심으로 바뀌어 가고 있다. 왜 그럴까?

환경문제는 인간의 욕망과 연결되어 있어 해결이 쉽지 않다. 욕망으로는 인공위성을 타고 달나라에 가는 인간들이지만 그 욕망을 절제하는 데는 가벼운 비닐봉지 하나에도 불편함을 느낀다. 스스로 선택하고 실천해야 하는 일들은 마음에 울림이 있을 때 지속 가능할 수 있다. 지구의 평균 기온 상승이 다른 생명들에게 어떤 의미인지를 생각해 볼 때 조금은 색다른 감정으로 불편을 감수할 수 있지 않을까. 책을 낼 수 있도록 지원해준 춘천문화재단과 환경 수필을 쓰도록 이끌어 주신 이응철 작가님께 감사를 드린다.
우연이 필연이 되어 삶을 지탱해준 강순례 여사 고맙고 또 고맙다.

2022년 11월
우승순

| 차례 |

| 작가의 말 |

제1부 | 기후변화와 탄소중립

침묵의 봄 ── 15

기후변화와 지구의 운명 ── 18

겨우 1.5℃ 때문이라고? ── 22

지구촌의 화두 탄소중립 ── 25

생활 속의 기후변화 조짐들 ── 29

소의 트림과 방귀도 온실가스 ── 34

파리기후협약은 지켜질 수 있을까 ── 38

제2부 | 미래의 에너지 수소

별에서 얻은 힌트 핵융합 ── 43

전기의 저장을 수소로 ── 46

친환경 수소의 색깔론 ── 50

모빌리티의 혁명 전기자동차 — 53

탄소중립과 에너지 믹스 — 57

나무의 탄소흡수 — 61

탄소포집기술이란 — 64

제3부 | 생활 속의 탄소발자국

지구도 삼킬 맛 세상 — 69

녹색생활과 녹색제품 — 72

탄소발자국 계산해보기 — 76

탄소발자국 줄이기 — 80

탄소세와 탄소시장 — 84

처음 가보는 험난한 길 — 88

이모티콘 — 91

제4부 | 플라스틱 너는 누구냐

플라스틱 왕국 — 97

플라스틱의 첫인상 나일론 __ 101

플라스틱의 정체를 밝혀라 __ 105

플라스틱의 성격과 MBTI __ 108

천의 얼굴을 가진 플라스틱 __ 111

플라스틱의 변명 · 1 __ 114

플라스틱의 변명 · 2 __ 118

제5부 | 바다로 간 플라스틱 폐기물

옛날 옛적 환경이야기 __ 123

미세플라스틱의 은밀한 역습 __ 126

플라스틱을 먹는 바다 생물들 __ 130

플라스틱의 종착지 바다 __ 133

재활용의 첫 단추 분리배출 __ 137

바이오 플라스틱과 그린 워싱 __ 140

폐기물 용어의 변천 과정 __ 143

제6부 | 다이어트가 필요한 과대포장

알맹이만 파는 번개시장 __ 149

포장지도 골라서 살 수 있다면 —— 153

포장지 값은 얼마일까 —— 157

배달민족의 배달문화 —— 160

아이스 팩을 나이스 팩으로 —— 163

욕망도 1회용품처럼 —— 166

바람 바람 바람 —— 169

제7부 | 환경법과 관련 정책들

헌법에 명시된 환경권 —— 175

국제협약과 국내 환경법 —— 179

자원재활용법의 주요 제도 —— 183

자원순환기본법의 주요 제도 —— 188

과대포장의 다이어트 정책 —— 192

인벤토리 보고서란 —— 196

지구는 한 몸 —— 199

| 참고문헌 —— 203

제 1 부
기후변화와
탄소중립

침묵의 봄

기후변화와 지구의 운명

겨우 1.5℃ 때문이라고?

지구촌의 화두 탄소중립

생활 속의 기후변화 조짐들

소의 트림과 방귀도 온실가스

파리기후협약은 지켜질 수 있을까

침묵의 봄

제비소리를 들어본 게 언제쯤인가.

먼 산에 잔설이 녹고 논배미 사이로 보랏빛 제비꽃이 앙증맞게 필 때쯤이면 어김없이 찾아와 강남소식을 전해주던 제비였다. 어느 이른 아침 느닷없이 "지지배배, 지지배배"소리에 잠이 깨었고 그 경쾌한 왈츠는 봄의 전령이었다. "봄이 왔구나!" 그런데 언제부턴가 강남 갔던 제비가 다시 돌아오는 숫자가 점점 줄어들면서 침묵의 봄이 되어가고 있다. 세상인심이 놀부 심보를 닮아가면서 오기 싫어진 것일까? 아니면 기후변화로 계절이 봄인지 아닌지 헷갈려서 못 오는 것일까? 반가운 제비소리가 안 들리니 이 또한 춘래불사춘이다.

기상청에서는 해마다 생물 계절관측을 한다. 계절을 상징하는 생물들을 선택하여 매년 동일한 장소에서 동일한 개체를 처음 본 날과 마지막 본 날, 또는 첫 소리와 마지막 소리가 들린 날 등을 기록한다. 계절관측용 식물로는 매화, 개나리, 벚나무, 코스모스 등 10종이 있고, 동물은 제비, 개구리, 나비, 매미 등 9종이 있다.[1][2] 그런데 오랫동안 봄의 전령으로 상징됐던 제비를 다른 생물로 바꿀 것을 검토 중이라고 한다. 봄의 평균 기온이 점점 올라가고 서식지가 파괴되면서 도시에서 제비가 사라진지 이미 오래 되었고, 농촌 지역도 삼월 삼진날이면 돌아오던 제비가 오뉴월에나 찾아오는 등 더 이상 봄의 전령이 아니기 때문이다. 이미 종다리, 뱀, 기러기는 수년 전부터 계절관측 동물에서 제외 되었다. 생물활동의 이런 작은 변화들이 기후변화의 바로미터가 될 수 있으며 또 다른 경종일 수 있다. 지난 100년 동안 우리나라의 연 평균 기온이 가장 높았던 10회 중 6회가 최근 10년 내에 발생할 정도 로 온난화가 가속화 되고 있다.[3]

사라진 새들에 대한 이야기는 오래전에도 있었다. 1962년에 출간된 레이첼 카슨의 저서 『침묵의 봄, silent spring』은 환경 분야의 바이블 같은 책이다. 미국의 어느 조용하고 아름다운 시골마을에 DDT라는 하얀 가루가 살포되면서 새들이 죽어가고 생명의 소리가 사라지면서 침묵의 봄이 찾아온다는 우화가 나온다.[4] 이 책의 출간으로 DDT라는 살충제는 수십 년 전에 사용이 금지되었지만 여전히 사라져가는 생물 들을 보면 환경 우화는 계속 진행 중이다. 농경지엔 아파트가 들어서 면서 서식지가 파괴되고 활공을 즐기던 창공에는 미세먼지가 뿌옇다. 사통팔달로 이어진 도로에선 자동차 소음이 시끄럽고 철탑 사이로 이 산 저산 연결된 통신 시설에선 전자파도 걱정된다. 텃새와 달리 철새는 환경변화에 훨씬 더 민감하고 출산율도 떨어진다고 하니 웬만하면 돌 아오고 싶지 않을 것이다. 제비는 이제 귀한 손님이 되었고 요즘 어린 이들에겐 조류도감에서나 볼 수 있는 전설의 새가 되어가고 있다.

새들의 신분도 인간의 형편에 따라 오락가락한다. 한때는 평화의 상징이었던 비둘기나 반가운 손님이 오신다는 까치는 오래전에 환경부에서 지정한 유해 야생동물이 되었다. 그러나 제비는 여전히 새 중의 군자다. 예전부터 어미제비들은 갓 이소한 새끼들을 빨랫줄에 앉혀놓고는 공자님의 지혜를 귀가 닳도록 교육시켰다. "지지위지지 부지위부지 시지야(知之爲知之 不知爲不知 是知也)" 제비소리를 꼭 닮은 논어 위정편의 글귀다. 알면서도 모른 척, 모르면서도 아는 척하는 요즘 세태에 '아는 것을 안다고 하고 모르는 것을 모른다고 하는 것, 그것이 곧 아는 것이다' 라고 설파하던 제비소리가 새삼 그립다. 한 지붕아래 살면서 짝을 만나고 새끼를 키우던 식구 같은 새가 사라져 가고 있다.

날씨와 관련한 과학이론 중에 나비효과란 것이 있다. 아마존 밀림 속에 있는 나비 날개 짓의 미묘한 변화가 미국의 텍사스에서는 토네이도를 발생시킬 수 있다는 이론이다. 기후변화와 관련해서는 미세한 변화라도 무시해서는 안 된다는 경고인데 강남 갔던 제비가 안 돌아오는 것은 나비의 날개 짓에 비하면 큰 사건인데도 잊히고 있다. 어쩌면 알면서도 모른척하고 싶은지도 모르겠다. 수많은 생명들이 함께 살고 있는 지구는 인간만 것이 아니다. 잠시 멈추어 귀 기울여 보면 점점 사라져 가는 생명의 소리들이 있다. 그 작은 소리들이 하나 둘 침묵해버리면 인간에게도 재앙이 닥칠 수 있다. 제비는 그 시작일 뿐이다.

기후변화와 지구의 운명

기후변화는 왜 생기는 걸까?

지구는 대용량의 열을 저장할 수 있는 바다가 있고 복잡한 지구 공학적 메커니즘이 작용하기 때문에 기후변화의 원인을 콕 찍어 설명하기는 어렵다. 다만 기후학자들이 말하는 공통된 원인 중 하나는 온실가스다. 지구의 기온은 태양열의 흡수와 그로인해 지표면에서 발생되는 복사열의 방출량에 따라 변하는데 이때 결정적인 역할을 하는 것이 지구를 둘러싸고 있는 가스층이다. 이들 가스가 마치 비닐하우스처럼 온실효과를 만들기 때문에 온실가스라 하고 기온이 올라가는 것을 지구 온난화 현상이라 한다. 만약 지구와 태양 사이에 온실기체가 전혀 없다면 어떻게 될까? 태양으로부터 받은 지구 복사열이 모두 방출되어 지구는 얼음 행성이 될 수 있으며, 반대로 온실가스층이 너무 두꺼워 복사열이 빠져나가지 못하면 불덩어리 행성이 될 것이다. 따라서 온실가스의 균형은 매우 중요하다. 적당하면 약이 되어 생명을 탄생시키지만 지나치면 독이 되어 생명의 씨를 말릴 수도 있다. 온실가스에는 여러 종류가 있지만 가장 대표적인 것이 이산화탄소이므로 줄여서 탄소라 부르기도 한다.

이산화탄소는 어떤 기체일까? 색깔이나 냄새가 없어 느낄 수는 없지만 흔한 기체다. 콜라나 사이다 같이 톡 쏘는 탄산음료에도 녹아있고, 냉각제로 쓰이는 드라이아이스는 이산화탄소를 얼린 것이며 공업적으로는 매우 다양하게 쓰인다. 이산화탄소(CO_2)는 탄소(C)가 있는 물질이 연소하면서 공기 중의 산소(O)와 결합할 때 많이 발생되는데 자연현상 중에서는 화산이 폭발할 때 엄청난 양의 이산화탄소가 쏟아져 나온다. 반면 식물은 광합성 작용으로 이산화탄소를 흡수하여 탄수화물을 만드는데 일종의 탄소 저장고인 셈이다. 나무의 이산화탄소 흡수량을 계산할 때 줄기, 뿌리, 잎 등을 합한 전체 건조중량의 약 50%를 탄소계수로 활용하는 것이 국제적인 표준이다.[5] 까마득히 먼 옛날, 지각변동으로 거대한 숲이 땅속에 묻혔고 에너지원이 되었는데 그것이 석탄과 석유로 대표되는 화석연료다. 이는 나무보다 훨씬 더 고도로 농축된 탄소 덩어리다.

인류는 화석연료의 강렬한 열에너지를 증기기관 같은 운동에너지로 바꾸면서 획기적인 산업혁명을 이루었다. 농장은 공장으로 변했고 거리에선 마차대신 자동차가 범람하면서 땅속에 있던 탄소 덩어리들을 마구 꺼내어 태웠고 마치 화산이 폭발하듯 이산화탄소가 뿜어져 나왔다. 수천 년에서 수만 년을 주기로 서서히 진행되었던 자연적인 기후변화가 19세기 이후 불과 200여년 사이에 평균 기온이 가파르게 상승하고 있다. 지구 역사상 가장 짧은 기간의 갑작스런 변화다.

지구의 이산화탄소 농도는 얼마나 증가되었을까? 인간 활동에 의한 이산화탄소 배출량이 자연 배출량을 초과하면서 지구의 탄소순환 시스템에 이상이 생겼고 이산화탄소 농도가 급격하게 증가하고 있다. 1960년부터 이산화탄소 농도를 꾸준히 연구해온 미국의 과학자 킬링은 매년 농도를 측정한 '킬링 곡선'을 발표하는데 산업혁명 이전 280ppm이었던 이산화탄소 농도가 2021년 416ppm까지 증가했다고 발표했다.[6] 또한 미국의 마이클 만과 동료 과학자들은 평균 기온의 급격한 상승을 전 세계에 알린 소위 '하키스틱 곡선'을 발표하였는데 그 그래프의 모양도 지난 수백 년 동안 비교적 일정한 패턴을 유지하던 온도 곡선이 불과 100년 전부터 마치 하키스틱의 끝부분처럼 가파르게 오르고 있다. 과학자들이 특히 주목하는 것은 온도 상승 속도다. 지난 100여년 사이에 지구의 평균 기온이 1℃이상 상승한 것은 지구의 자연적인 변화속도에 비하면 엄청 빠르다는 것이다. 이런 속도라면 앞으로 1,000년 안에 10℃ 이상 상승하고 인류를 비롯한 지구 대부분의 생물들은 멸종할 것이라 한다.

과학자들은 45억년의 지구역사 중 다섯 번의 대멸종이 있었다고 추정한다. 격변기마다 지각변동이나 화산폭발, 소행성 충돌 같은 물리적 사건들이 있었지만 결국 대멸종의 최종적인 원인은 극심한 기후변화였을 것이라 주장한다. 대멸종 이후엔 다시 박테리아부터 시작되어 오랜 시간에 걸쳐 새로운 생명이 탄생, 성장, 소멸을 반복하며 지금에 이르렀을 것이다. 어쩌면 수십 억 년 전에도 지능화된 생명체가 존재했었을 수도 있고 지금의 인류도 언젠가는 흔적도 없이 사라질 수 있다. 그 원인이 우주의 섭리일지, 지구 공학적 이변일지, 소행성과의 충돌이 될지 아무도 알 수 없다. 다만 우연이 아닌 예측 가능한 필연이라면 지금으로선 인간이 저지른 기후변화가 가장 확률이 높아 보인다. 지구에는 수많은 생명들이 함께 살아가고 있다. 기후위기를 자초한 것도 인간이고 그로 인한 대재앙을 막을 수 있는 것도 인간뿐이다. 만물의 영장임을 증명할 때가 왔다.

겨우 1.5℃ 때문이라고?

지구촌의 빨간불 1.5℃.

파리기후협정에서 엑스트라로 처음 등장했던 '1.5'라는 숫자가 IPCC에서 발간한 「지구온난화 1.5℃ 특별보고서」에서 완전히 주인공으로 자리 잡았다. 지구의 평균 기온이 산업혁명 이전(1850~1900년)에 비해 현재 약 1℃ 정도 상승했는데 이는 자연적인 온도 변화에 비해 엄청 빠른 기후위기라는 것이다. 따라서 2100년까지 평균 기온 상승치를 가능한 1.5℃로 묶어 두지 않으면 지구촌 곳곳에 다양한 기상 재해가 발생할 것이라 한다.[7] 처음 이 내용이 보도되었을 때 귀를 의심했다. 산업혁명 이전부터 2100년까지면 약 200여년의 시간 차이가 있는데 그 기간 동안 어떻게 기온 상승을 1.5℃로 묶어둘 수 있다는 것인가. 하루에도 밤낮의 기온 차이가 10℃ 이상 오르내리는 경우가 많은데 200년 동안 겨우 1.5℃라니 쉽게 이해할 수 없었다. 더군다나 이미 1℃가 상승했으니 앞으로 남은 80년 동안 불과 0.5℃ 밖에 여유가 없다. 도대체 일기예보의 기온과 지구의 평균 기온은 어떤 차이가 있는 것일까?

날씨와 기후는 차원이 다른 개념이다. 날씨는 일명 기상이라고도 하는데 오늘의 날씨 현황이나 주말의 기상예보 등과 같이 현재나 가까운 장래를 나타내는 반면 기후는 장기간에 걸쳐 변화되는 대기 현상으로 통상 30년의 평균값을 사용한다. 관측요소로는 기온, 기압, 습도, 풍향, 풍속, 강수량, 일사량 등 다양한데 가장 기본이 되는 것은 역시 기온이다. 최근에는 지구 온난화 물질인 이산화탄소나 메탄 같은 온실가스 성분도 측정한다. 지구의 온도는 당연히 태양열에서 오는 것인데 밤낮이나 계절에 따라 다르고 지역에 따라서도 적도지방의 열대부터 온대, 냉대를 거쳐 극지방의 한대까지 기온 차이가 크다. 또한 바다보다는 육지의 기온변화가 크고 육지는 다시 산맥 등의 지형이나 해발고도에 따라 달라진다. 이렇듯 계절이나 지역 등에 따라 천차만별인 기온을 모두 합하여 지구 전체의 평균 기온을 계산하면 몇 도나 될까? 큰 기상이변이 없는 한 약 15℃ 내외로 수렴된다.[8] 바다가 태양열을 흡수하는 거대한 열저장 탱크 역할을 하면서 지구의 평균 기온을 어느 정도 일정하게 유지해준다.

평균 기온의 1℃ 증가는 어떤 의미가 있을까? 일교차에서 경험하듯 기온은 시시각각 변하기 때문에 장기간의 기후를 평가할 때는 평균값을 이용할 수밖에 없는데 모집단의 범위가 크거나 기간이 길수록 개별적인 기온 특성은 묻혀버린다. 예를 들어 기상청 자료에 의하면 1991년부터 2021년까지 지난 30년 동안 기록된 최저 기온은 2001년 1월 철원 지역의 영하 29.2℃이었고 그해 최고 기온은 7월 포항의 37.5℃이었다. 두 지역의 기온 차이는 무려 66.7℃이었지만 그해 전국의 연평균 기온은 태연하게도 12.7℃이었다. 또 같은 기간에 최고 기온은 2018

년 8월 홍천에서 기록된 섭씨 41℃이었고, 그해 최저 기온은 1월 철원의 영하 25.2℃이었지만 연평균 기온은 역시 13℃이었다.[9] 이런 특성을 감안해보면 일교차나 계절변화에서 오는 1℃ 상승과 지구 전체의 평균 기온 1℃ 상승은 차원이 다른 것이다. 평균 기온이란 모든 곳이 똑같이 1℃ 상승한 것이 아니기 때문에 지역에 따라서는 더 오른 곳도 있고 오히려 떨어진 곳도 있을 것이다. 지구를 둘러싼 기상현상은 마치 풍선 같아서 한쪽에서 여름 기온이 10℃이상 올라 폭염이 발생하면 지구 반대편의 또 다른 곳에선 겨울 기온이 10℃이상 내려가 극심한 한파가 찾아오기도 한다. 아시아에서 폭우로 홍수가 발생하면 아프리카나 남미에서는 가뭄으로 대지가 타들어가기도 한다.

지구의 평균 기온은 상승 속도가 더 심각하다. 45억년의 지구역사 중 평균 기온이 5~6℃까지 상승한 적이 몇 번 있었던 것으로 추정하는데 자연현상에서 이정도의 온도까지 올라가려면 수천에서 수만 년까지 걸리기도 한다. 그런데 산업혁명 이후 불과 100여년 사이에 평균 기온이 1℃ 상승한 것은 지구시스템에 고장이 났다는 경고다. 또한 같은 1℃ 차이라도 1℃와 2℃일 때보다는 2℃와 3℃, 3℃와 4℃로 올라갈수록 그 피해는 기하급수적으로 증폭될 수 있다. 따라서 가능한 낮은 온도일 때 제어해야 한다. 괜한 호들갑은 아닌 것 같다.

지구촌의 화두 탄소중립

기후변화는 지구촌의 공동문제다.

전 세계 모든 국가들이 협력하여 온실가스를 줄이려면 동참해야 할 이유와 목표가 뚜렷해야 한다. 어느 국가에서 얼마만큼의 온실가스를 배출하는지, 언제까지 얼마만큼을 줄여야 하는지, 앞으로 배출할 수 있는 온실가스 허용량은 얼마인지 등에 대한 과학적이고 객관적인 정보가 필요하다. 이런 문제들을 종합적으로 관리하는 국제기구가 필요해지면서 1988년 IPCC로 상징되는 '기후변화에 관한 국가 간 협의체'가 탄생되었다. 88서울올림픽이 열리던 해에 세계기상기구(WMO)와 유엔환경계획(UNEP)이 공동 설립한 IPCC는 전 세계 수백 명의 관련 학자들이 소속되어 있으며 각국에서 보내온 자료를 분석하고 평가하여 5~7년 주기로 보고서를 발간한다. 기후변화에 관한 IPCC의 평가보고서는 국제사회에서 가장 공신력 있는 자료로 인정받고 있으며 2022년 현재 제6차 평가보고서까지 발간되었다.

IPCC보고서는 국제 기후정책의 방향을 제시한다. 1990년 제1차 평가보고서가 발간되면서 이듬해인 1992년 유엔기후변화협약(UNFCCC)이 채택되었으며 우리나라는 1993년에 가입하였다. 이 협약에 따라 모든 당사국은 자국의 온실가스 배출현황과 감축노력, 향후 배출전망과 감축계획 등을 망라한 보고서를 격년 주기로 제출해야하며 그 자료들을 각국이 공유함으로써 지구촌의 기후위기를 함께 극복하기 위한 정보로 활용하고 있다. 당사국들은 IPCC지침에 따라 온실가스 배출원을 에너지, 산업공정, 농업, LULUCF, 폐기물 분야로 구분하여 국가온실가스 인벤토리를 산정해 오고 있다. 여기서 LULUCF란 토지이용과 임업에 대한 통계로 산림지, 농경지, 초지 등의 온실가스 배출량과 흡수량을 산정한 것이다. 1995년에 발간된 IPCC의 제2차 평가보고서는 1997년 교토의정서가 채택되는 계기가 되었다.

교토의정서는 '공동의 그러나 차별화된 책임'이라는 슬로건을 내걸었다. 지난시절 화석연료를 마음대로 사용하여 이미 경제발전을 이룬 선진국과 앞으로 경제개발이 필요한 개발도상국의 입장이 달랐기 때문이다. 따라서 상대적으로 기후변화에 책임이 큰 38개 선진국에만 감축의무를 부여하였고 개발도상도국에게는 개발권을 보장한다는 취지로 일단 유예하였다. 그러나 중국이나 인도 같이 온실가스 배출량이 많은 나라들이 제외되면서 실효성이 없게 되자 개도국에게도 감축의무를 부여하려는 시도가 있었고 그로인한 이해상충으로 유명무실해지면서 새로운 협약이 필요하게 되었다. 교토의정서의 시효는 2020년 완료되었으나 몇 가지 중요한 성과도 있었다. 기후변화의 주범인 온실가스의 종류를 이산화탄소(CO_2), 메탄(CH_4), 아산화질소(N_2O), 수소불화탄소(HFCs), 과불화탄소(PFCs), 육불화황(SF_6) 등 6가지로 규정하였고 이들 온실가스를 이산화탄소로 환산하는 지구온난화지수(GWP)를 개발하였다. 또한 온실가스를 탄소시장에서 거래할 수 있는 배출권거래 제를 도입하였다.

2014년에는 IPCC 제5차 평가보고서가 발간되었다. 이듬해인 2015년 탄소중립의 모태가 된 파리기후협정이 체결되었는데 그 핵심 내용은 기후위기 극복을 위해 '2100년까지 지구의 평균 기온 상승치를 2℃보다 낮게, 가능한 1.5℃ 이내'로 묶어두어야 한다는 것이었다. 선진국에만 감축의무를 부여했던 교토의정서와는 달리 파리기후협정은 모든 국가의 자발적인 참여를 표방하였다. 각 당사국은 객관성 있는 감축목표(NDC)를 스스로 설정하여 제출하고 2023년부터 5년마다 그 이행 노력을 검토하기로 하였다. 그러나 각국이 제출한 자발적 감축량을 토대로 2100년까지 평균 기온 상승치를 예측한 결과 2℃를 훨씬 초과하는 것으로 나타났고 이에 대한 수정이 필요했다. 2018년 IPCC는 「지구온난화 1.5℃ 특별보고서」를 발간하게 되었고 구체적인 온실가스 감축량을 제시했다. 즉, 2100년까지 지구의 평균 기온 상승을 1.5℃ 이내로 묶어두려면 2050년까지 지구촌이 탄소중립에 도달해야 한다는 것이다.[10] 탄소중립이란 총배출량과 흡수량이 같아져서 순배출량이 제로(0)가 되는 것이다. 이로써 '2050탄소중립'이라는 21세기 지구촌의 화두가 탄생된 것이다.

2019년 유럽연합(EU)이 가장 먼저 2050탄소중립을 선언했다. 이후 전 세계 130개국 이상이 탄소중립에 동참하고 있으며 온실가스 배출량 세계 1위인 중국도 10년 연장하여 2060탄소중립을 선언했다. 우리나라는 2020년 10월에 2050탄소중립을 선언했고 2021년에는 「탄소중립기본법」을 제정하였다. 국제사회에서 탄소중립은 이제 선택이 아닌 필수다. 지구촌은 지금 탄소와의 전쟁에 돌입했고 한 번도 가보지 않은 험난한 길이 놓여있다.

생활 속의 기후변화 조짐들

기후변화는 이제 생활주변 가까이 와있다.

지난 109년간 우리나라의 기후를 분석한 기상청 자료에 의하면 100년 전에 비해 여름은 평균 20일이 길어졌고 겨울은 평균 22일이 짧아졌다.[11] 33℃이상 폭염 일수도 최근 10년 사이에 2배 이상 늘어났으며 2018년 8월에는 강원도 홍천에서 기상관측 이래 처음으로 41℃를 기록하기도 했다. 온실가스를 현재 수준으로 계속 배출할 경우 2100년 무렵이면 봄은 2월로 앞당겨지고 여름은 5월에 시작하여 9월이나 10월까지 길게 이어질 것으로 예측한다. 이미 시작된 기후변화로 폭염, 폭우, 가뭄 등의 기상이변을 겪고 있으며 농업, 축산, 수산 및 산림의 생산성을 떨어트리고 종의 감소 등 생태계에도 심각한 변화를 초래하고 있다. 생활주변에서 전에 경험해보지 못했던 이상한 현상들이 자주 나타나고 익숙해져 가고 있다.

• 농업분야

농작물의 기후변화는 이미 많이 진행되고 있다. 1970년대만 해도 사과하면 대구지역이 유명했는데 서서히 북상하더니 2000년대 들어서면서 강원도의 채소밭이 사과밭으로 바뀌고 있다.[12] 고랭지의 배추나무의 작황은 점점 나빠지는 반면 춘천, 인제, 양구, 철원 등 강원 북부 지역에서 달고 맛있는 사과가 주렁주렁 열린다. 기후변화에 대비하여 농촌진흥청에서는 우리나라 환경에 맞는 아열대과수와 채소 20여종을 선발하였는데 과일은 망고, 백향과, 올리브, 파파야 등 8종이고, 채소류는 오크라, 여주, 삼채, 강황 등 12종이다.[13] 아열대성 과일인 망고가 제주도에서 처음 재배될 때가 불과 10여년 전 이었는데 이제 망고는 내륙지방에 안착했고 파파야, 패션푸르트, 올리브 등도 재배되고 있다. 사과가 북쪽으로 올라간 대구에는 체리가 재배되고, 경주에는 제주도의 한라봉이 신라봉으로 바뀌면서 아열대 과일의 북상이 진행되고 있다. 온실가스를 지금 수준으로 계속 배출할 경우 2100년이면 사과는 강원도 산간오지의 일부지역에서만 자라는 귀한 과일이 될 수 있고 기존의 사과밭엔 노란 감귤이 재배되면서 지금은 예측할 수 없는 많은 기상이변이 동반될 수 있다.

• 수산분야

바다는 기후변화에 특히 민감하다. 표층의 수온변화는 어종변화를 동반하고 어획량에도 영향을 미친다. 국립수산과학원의 자료에 의하면 현재 우리나라 해역의 평균 수온은 17~18℃ 정도로 1970년대와 비교하여 1℃ 이상 상승했는데 이는 같은 기간 전 세계 수온 상승폭보다 2배 이상 높은 것이라 한다.[14] 특히 동해의 수온이 빠르게 상승하고 있다. 동해안의 대표적인 한류성 어종인 명태는 1980년대 이후 이미 자취를 감추었고 난류성 어종인 고등어와 멸치의 어획량이 늘고 있다. 표층을 떠다니는 멸치는 특히 수온변화에 민감하다고 한다. 최근에는 그렇게 흔하던 꽁치와 양미리도 서서히 사라지고 있으며 대신 방어와 삼치가 의외로 많이 잡히면서 동해안 어장도 기후변화의 진통을 겪고 있다. 양식어업도 수온이 높아지면서 집단폐사가 증가하고 있는데 특히 김과 미역이 기후변화에 취약한 것으로 나타났다. 바삭한 김과 구수한 미역국을 언제까지 적당한 가격에 사먹을 수 있을지 장담할 수 없다.

• 축산분야

더위를 견디기 힘든 것은 동물도 마찬가지다. 특히 좁은 공간에서 사육되는 가축의 경우 고온 스트레스로 우유나 계란 생산이 감소되고 폐사 등으로 축산식품의 생산에 많은 영향을 초래한다. 국립축산과학원의 자료에 의하면 폭염으로 인한 가축 피해가 2016년 약 4백만 마리에서 2017년 5백만 마리, 2018년 9백만 마리로 매년 증가 추세에 있다.[15] 더위에 가장 취약한 가축이 닭이라고 한다. 30℃이상의 고온이 지속되면 폐사로 이어지는데 2019년 약 2백만 마리의 닭이 주로 7~8월에 집중적으로 폐사되었다.[16] 국립축산과학원에서는 더위로 인한 가축 피해를 줄이기 위해 기온과 상대습도를 이용하여 가축이 체감하는 더위 지수인 온습도지수(THI, Temperature Humidity Index)를 개발하였다. 더위가 본격적으로 시작되는 6월부터 9월까지 온습도지수를 미리 예고하여 폭염 피해를 예방하고자 함인데 축종별로 위험 정도를 5단계로 구분하여 적용한다. 예를 들면 닭의 경우 온습도지수가 63이하면 양호고, 93이상은 폐사단계다.[17] 축산분야도 더위에 강한 종자개량이 진행될 것이고 식탁에 올라오는 육류의 종류와 맛도 변화될 수 있다.

• 산림분야

나무도 기후변화의 영향을 피해갈 수 없다. 고온의 스트레스로 생육이 저하되기 쉬운 수종을 '기후변화 취약수종' 이라 하는데 대개 소나무와 같은 상록 침엽수가 여기에 해당된다.[18] 특히 겨울철의 평균 기온이 상승되고 적설량이 감소하면 수분이 부족해지면서 광합성작용이 위축되어 쇠퇴하게 된다고 한다. 국립산림과학원의 산림 생태계 변화를 조사한 자료에 의하면 지난 20년간 설악산, 한라산 등에서 약 30%의 침엽수가 쇠퇴한 것으로 나타났다.[19] 특히 가문비나무, 분비나무, 구상나무 등 고산 침엽수종의 고사가 뚜렷하다. 평균 기온이 계속 상승할 경우 삼천리방방곡곡 어디서나 볼 수 있던 소나무도 강원도의 일부 고산지대에서만 자라는 귀한 나무가 될 수 있다. 게다가 재선충과 산불피해 등으로 소나무의 수난시대를 맞고 있다. 사계절 녹음을 유지해주던 침엽수가 사라지면 겨울 산의 풍광이 앙상하고 삭막해지지 않을까 우려된다.

강원도는 겨울축제가 유명하다. 타 지역에 비해 추운 날씨와 눈이 많이 내리는 것이 경쟁력이다. 그러나 기상이변으로 겨울 기온이 올라가면서 지역축제에도 변화가 찾아오고 있다. 주민들이 몇 개월씩 정성스럽게 준비한 축제가 얼음이 얼지 않거나 눈이 내리지 않아 개최 시기를 몇 번씩 연기하면서 꽁꽁 얼어붙기를 기다리는 안타까운 상황이 반복되고 있다. 지역경제를 살리고 세계적으로도 유명한 겨울축제가 지

속가능하려면 기후변화에 대응한 새로운 콘텐츠 개발이 필요할 것 같
다. 이러한 현상은 강원도뿐만 아니라 꽃의 개화나 과일의 수확, 나비
나 반딧불이 등 자연물의 생육을 대상으로 하는 축제면 어느 곳이든
비슷한 상황이 전개될 수 있다. 이제 기후변화는 상상이 아닌 우리 마
을과 나에게 닥친 일상이 되어가고 있다. 설마 했던 일들이 하나 둘 현
실이 되어가고 있다.

소의 트림과 방귀도 온실가스

탄소중립 시대엔 소고기 먹는 것도 부담스럽다.

인류는 고기를 좀 더 안정적으로 얻기 위해 오래전부터 야생 동물들을 길들여 가축으로 기르기 시작했다. 지금은 인간이 기르는 가축의 수가 지구촌에서 가장 많은 동물이 되었다. 가축을 집단으로 사육하거나 대량 생산하는 시스템은 필연적으로 환경문제를 유발한다. 과거엔 가축의 분뇨처리가 주된 오염원이었지만 탄소중립 시대에 접어들면서 온실가스 문제가 새롭게 부각되고 있다. 되새김질을 하는 소, 양, 염소 등 초식동물의 소화 과정에서 트림과 방귀를 통해 온실가스인 메탄을 배출하는데 이를 장내발효라는 용어로 표현한다. 덩치나 사육두수를 감안하면 당연히 소가 가장 많은 온실가스를 배출한다. 이산화탄소를 지구온난화지수 1로 봤을 때 소가 배출하는 메탄가스는 28정도다. 같은 양을 배출했을 때 메탄이 이산화탄소보다 28배나 많은 온난화 원인물질이 된다.

소가 배출하는 온실가스 양은 얼마나 될까? 전 세계 메탄가스 배출량 중에서 소가 배출하는 양이 25%에 해당한다고 한다. 소 1마리가 1년간 트림과 방귀로 배출하는 메탄가스 양은 약 85kg 정도라고 하는데 이를 이산화탄소로 환산하면 1마리당 연간 약 2.4톤에 해당된다.[20] 2019년 기준 우리나라 축산부문의 온실가스 배출량을 이산화탄소로 환산하면 장내발효와 축산분뇨처리 등을 합해 연간 총 950만 톤이었으며 그중에서 소의 트림이나 방귀로 배출되는 장내발효가 450만 톤이었다.[21] 이를 2019년 우리나라의 소 사육두수 3백6십만7천두로 나누면 소 한 마리 당 연간 이산화탄소 배출량은 약 2.6톤이며 그 중에서 트림과 방귀로 배출되는 양이 46%인 1.2톤 정도 된다. 우리나라는 축산부문의 온실가스 배출량이 전체 배출량의 1~2% 정도로 비교적 적은 비중을 차지하지만 대량으로 방목하는 나라에서는 계산이 달라진다. 게다가 넓은 목초지에서 기른 방목 축산이 가두어 놓고 기르는 공장식 축산보다 소고기 1kg당 3~4배나 더 많은 온실가스를 배출한다는 연구도 있다.[22] 사료보다는 섬유질이 많은 생풀을 먹을 경우 되새김과 소화과정에서 더 많은 트림과 가스를 배출하는 것으로 추정된다.

국가통계포털자료에 의하면 2019년 기준 전 세계 소 사육두수는 약 15억 마리다.[23] 마리당 2.4톤으로 계산하면 지구 전체에서 소의 트림이나 방귀로 배출되는 이산화탄소량은 연간 약 36억 톤이나 된다. 이는 2019년 기준 우리나라의 연간 총 온실가스 배출량 7억1백만 톤의 5배나 되는 엄청난 탄소 폭탄이다. 물론 이런 숫자들은 단순 계산상 추정치이며 실제와는 차이가 있을 수 있지만 탄소중립 시대에 소의 방귀나 트림이 왜 문제가 되는지 이해할 수 있다. 따라서 소나 양을 많이 키우는 나라에서는 온실가스를 줄이기 위해 갖가지 아이디어가 실험되고 있는데 남미의 아르헨티나에서는 소의 등에 백팩(backpack)을 달아 메탄가스를 포집하는 방법이 연구되고 있고,[24] 뉴질랜드에서는 2025년부터 소와 양의 트림에서 발생되는 메탄가스에 세금을 부과하는 법안을 실시할 예정이다.[25][26]

한해에 먹는 소고기 양은 얼마나 될까? 우리나라도 30년 전과 비교해보면 고기 소비량이 많이 늘었다. 한국농촌경제연구원의 육류별 수급실적 자료에 의하면 2020년 기준으로 국내산과 수입고기를 합산한 우리나라 국민 1인당 연간 육류 소비량은 소고기 13kg, 돼지고기 27kg, 닭고기 15kg로 합하면 총 55kg이다.[27] 요즘은 오리나 염소 고기도 많이 먹는 데 모두 감안하면 실제 육류 소비량은 이보다 많을 것이다. 방목할 땅덩어리가 넓지 못한 우리나라에서 소고기 수요를 충당하려면 수입에 의존할 수밖에 없다. 식탁을 가만히 들여다보면 국제 시장이다. 대서양을 누비던 노르웨이산 연어나 고등어가 한국의 식탁에 오르고, 미국산 옥수수 사료를 먹인 스페인산 돼지고기를 중국산 고춧가루가 들어간 김치에 싸서 먹는다. 특히 소고기의 경우는 국내산 자급률이 40% 미만이며 주로 미국산이나 호주산이 이용되고 있다. 수송거리가 길수록 탄소발자국을 많이 남기기 때문에 가능한 국내산 소비가 권장되지만 가격 문제를 고려하면 쉽게 결정하기 어렵다.

식생활 변화와 함께 육류 소비량은 계속 증가될 전망이다. 그렇다고 온실가스 때문에 등심 1인분에 탄소발자국 몇g, 갈비탕 한 그릇에는 온실가스 몇g 등을 따져가며 먹는 것도 피곤한 일이며 누구나 다 그렇게 실천하기도 어렵다. 탄소 배출량을 줄이기 위해 축산업계에서는 메탄 발생이 적은 사료의 개발이나 비육기간 단축 등의 방법들이 연구되고 있다. 또한 식물성 단백질을 이용하는 대체육의 개발에 세계의 많은 기업들이 참여하고 있다. 식감, 맛, 영양 등에서 소고기에 뒤지지 않는 식물성 고기를 개발하는 것도 대안이 될 것 같다.

파리기후협약은 지켜질 수 있을까

지구촌은 지금 기후변화와 투병 중에 있다.

그동안 인류는 화석연료 덕분에 눈부신 발전을 이루었다. 산업현장은 물론 의식주의 모든 일상생활에서 지난 100여 년 이상 석탄과 석유를 물 쓰듯 써왔다. 그 결과 지구의 시스템이 큰 스트레스를 받았고 기후변화라는 중병에 걸렸으며 치료가 시급해졌다. 도대체 지구촌에서 1년 동안 배출되는 이산화탄소량은 얼마나 될까? 자료에 따라 차이가 있는데 2019년 기준으로 약 350억 톤 정도로 추정한다.[28] 나라별로 보면 전체의 약 30%를 배출하는 중국이 단연 1위이고 그 다음이 미국, 인도, 러시아, 일본 순이며 우리나라는 10위 내외다. 중국과 미국이 전 세계 배출량의 40% 이상을 차지하고 있으며 상위 20개국에서 전체 배출량의 80%를 배출하고 있다. 따라서 이들 국가에서 이산화탄소 배출량을 줄이지 않으면 기후변화라는 중병을 완치하기 어렵다. 사실 지구를 병들게 한 원인은 과거 아무런 제약 없이 석탄과 석유를 마음대로 사용한 선진국의 책임이 크지만 그로인한 피해는 빈곤한 나라일수록 더 크다. 개발도상국가에서는 탄소중립보다 경제개발이 더 시급하지만 동참하지 않으면 국제 사회에서 고립될 수밖에 없다. 선진국의 실질적이고 적극적인 지원이 필요하다.

　지구촌에도 탄소예산이란 것이 있다. 예를 들어 2100년까지 지구의 평균 기온 상승 한계를 1.5℃나 2℃로 묶어두고 그때까지 인류가 배출할 수 있는 이산화탄소의 총 배출 허용량을 탄소예산이라 한다. 탄소중립을 앞당길수록 탄소예산은 늘어나고 그 반대의 경우는 고갈된다. 또한 온도 상승 한계를 3℃나 4℃로 높이면 탄소예산은 늘어나겠지만 기후위기는 가속화된다. 기후학자들은 2100년까지 1.5℃를 목표로 할 때 지구의 탄소예산을 약 4,600억 톤으로 추정한다.[29] 이 숫자도 가상의 시나리오에서 달성 확률을 50%로 가정했을 때의 예산이며 확률을 높일수록 예산은 그만큼 줄어든다. 만약 2050년까지 탄소중립에 도달한다고 가정했을 때 2020년부터 2050년까지 30년간 쓸 수 있는 탄소예산은 매년 154억 톤에 불과하다. 이는 2019년 배출량 350억 톤과 비교해 보면 1.5℃는 무리한 과제인 것 같다. 또한 기후학자들은 지금 당장 탄소 배출을 멈춘다 해도 이미 배출된 이산화탄소 때문에 최소 수십 년 동안은 평균기온이 계속 상승될 것으로 예측한다. 이런 현상을 '저질러진 온난화'라 부르는데 온실가스로 인한 열용량이 바다에 축적되어 계속해서 열의 관성을 일으키기 때문이라고 한다.[30] 코로나19를 겪으면서 기저 질환이 있는 환자는 면역력이 약해져 쉽게 감염되고 더 위험했듯이 지구도 그동안 과다하게 배출된 이산화탄소가 누적되어 기후변화에 대한 저항력이 많이 약해진 듯하다.

　기후학자들은 지구의 이산화탄소 농도가 산업혁명 이전의 280ppm보다 2배 이상 증가하면 지구의 평균 기온이 3℃까지 올라갈 수 있다고 경고한다.[31] 그런데 2021년 현재 416ppm까지 높아졌다. IPCC의 제

6차 평가보고서에 의하면 지구의 평균 기온이 2020년 현재 산업혁명 이전 대비 약 1℃ 상승했으며 2040년 이전에 1.5℃를 넘을 것으로 예상하고 있다. 이런 추세라면 2100년에는 온도 상승 폭이 3℃까지 상승할 수 있다는 우울한 전망이다.[32] 내로라하는 기후학자들이 분석하고 평가하는 IPCC의 예측이 자꾸 빗나가고 수정되는 것을 보면 파리 기후협정의 당초 목표는 수정이 불가피해 보인다. 1.5℃는 최소 2℃까지는 여유를 두어야 할 것 같고 2050년까지 달성하려는 탄소중립도 일부 수정될 가능성을 배제할 수 없다. 기후변화의 속도가 그만큼 빨라진 것이다. 지구촌은 지금 기후변화와 투병중이며 마른 행주를 쥐어짜듯 탄소 배출량을 줄이지 않으면 산소 호흡기를 달아야할지도 모르겠다.

제 2 부
미래의 에너지
수소

별에서 얻은 힌트 핵융합

전기의 저장을 수소로

친환경 수소의 색깔론

모빌리티의 혁명 전기자동차

탄소중립과 에너지 믹스

나무의 탄소흡수

탄소포집기술이란

별에서 얻은 힌트 핵융합

21세기는 에너지를 머릿속에서 캐낸다.

수소는 우주에서 가장 먼저 생겼고, 가장 많으며, 가장 가볍고, 반응성도 강하다. 그래서 원자번호도 1번이다. 우주 최초에 수소가 핵융합을 일으켜 많은 원소들이 생성되면서 별이 탄생되었다는 것이 과학이론이다. 밤하늘에 빛나는 별들은 수소가 불타는 가스 덩어리이며 태양도 그중 하나다. 별들의 불꽃놀이로 행성, 소행성, 위성 등이 탄생했는데 지구도 태양계가 낳은 많은 자손들 중 하나이며 그 근원은 역시 수소다. 수소(水素)는 모든 생명의 원천인 물의 근원 또는 물의 재료라는 뜻이며 Hydrogen의 머리글자인 H로 표기한다. 약 250여 년 전 인류가 수소의 존재를 처음 찾아낼 때도 수소를 태울 때 물이 생성되는 것에서 착안한 듯하다. 수소는 냄새와 맛과 색깔이 없다.

지금까지 발견된 지구의 천연원소는 모두 92종이다. 원자번호 1번인 수소부터 92번 우라늄까지다. 이 외에도 인공적으로 만든 원소가 20여종 더 있다. 원소들의 다양한 성질을 분류하여 일목요연하게 정리한 것이 원소주기율표다. 고교시절 화학시간에 달달 외웠던 바로 그 순서다. 원자번호 1번부터 92번까지 순서대로 나열하면 H1, He, Li,

Be……Mn, Fe$_{26}$, Co………Pa, U$_{92}$ 으로 배열된다. 원자를 더 쪼개면 중심에 원자핵이 있고 그 핵 속에는 양성자와 중성자가 있는데 여기에는 핵력이라고 하는 힘이 작용한다. 92개의 자연원소 중 화학적으로 가장 안정한 것은 원자번호 26번인 철(Fe)이다. 철은 일찌감치 철이 들었다. 철을 중심으로 맨 왼쪽에 있는 가장 가벼운 수소는 핵이 융합하여 듬직해지면서 철들고 싶어 하고, 철의 맨 오른쪽에 있는 가장 무거운 우라늄은 핵을 분열시켜 나누면서 철들고 싶어 한다. 앞의 반응을 핵융합이라 하고 뒤를 핵분열이라 하며 이 모두를 통틀어 핵반응이라 한다. 두 반응 모두에서 에너지를 방출하는데 산업용으로 이용되면 수소의 핵융합발전소나 우라늄의 원자력발전소가 되지만 군사적으로 악용되면 수소폭탄이나 원자폭탄이 된다.

별들을 지배하는 반응은 핵융합이다. 우주를 구성하는 물질은 대부분 수소와 헬륨이고 태양을 비롯한 별의 중심부는 온도가 매우 높기 때문에 하나의 거대한 핵융합 발전소 역할을 한다. 밤하늘에 별이 빛나는 것도 핵융합 시 방출되는 엄청난 에너지 때문이다. 지구로부터 약 1억 5,000만km나 떨어져있는 태양열이 한낮에 뜨거운 것을 보면 온도가 얼마나 높을지 상상조차 어렵다. 삼라만상은 시간의 길고 짧음만 있을 뿐 모두 1회만 존재하는 1회용품이다. 별도 때가되면 대폭발로 초신성이 되면서 일생을 마치는데 우주 공간에 흩뿌려진 원소들은 다양한 조합을 만들어 인연에 따라 지구와 같은 행성, 달과 같은 위성 등으로 다시 태어나기도 한다. 수소와 산소가 결합하여 물을 만들 듯 모든 물질의 근원은 원소다. 지구도 그렇고 내가 그토록 아끼는 이 몸뚱어리도 우주에서 기원된 화학원소의 패키지이며 그 기원은 태양의 수소로부터 시작되었다. 내 몸에도 별이 있다. 화엄경 법성게에 나오는 한 구절 '한 점의 티끌에도 온 우주가 들어있다(一微塵中含十方)' 라는 경구는 사뭇 진지하다.

지구의 모든 자원은 한계가 있다. 지금껏 인류가 마구 퍼내 쓴 석탄이나 석유, 천연가스와 같은 화석연료는 온실가스 문제도 있지만 언젠가는 고갈된다는 한계성도 있다. 미래의 에너지는 온실가스 배출이 없고 자원의 고갈이 없으며, 지구촌의 생명체에게도 안전한 거의 완벽한 에너지라야 하는데 그게 바로 별로부터 얻은 힌트 수소의 핵융합 발전소다. 수소는 바닷물의 전기분해로 얻을 수 있기 때문에 그 원료가 무궁무진한 편이고 이산화탄소의 배출도 거의 없는 꿈의 에너지다. 지구인들은 핵융합 발전을 실현시키기 위해 국제 핵융합 실험로(ITER)사업을 추진하고 있는데 우리나라를 비롯하여 EU, 미국, 러시아, 일본, 중국, 인도가 참여하고 있다. 핵융합 발전소는 인간의 힘으로 작은 태양을 만드는 일에 비유될 수 있다. 온도를 1억℃ 이상 올려서 유지해야 하는 기술적인 문제 등으로 아직은 실험 단계에 있지만 언젠가는 실용화될 날이 올 것이다. 에너지를 땅속에서 캐내던 시절에서 머릿속에서 창조하는 시대로 옮겨가고 있다. 불가능해 보이는 상상이 실현되는 것이 미래다.

전기의 저장을 수소로

전기는 어떻게 저장될까?

전기는 지구가 태어나던 45억 년 전 부터 있어왔지만 인류가 만들어 쓰기 시작한 것은 불과 200여년 안팎이다. 1960년대까지만 해도 시골엔 전기가 거의 없었다. 석유를 심지에 묻힌 등잔이나 램프로 어둠을 밝혔고 가전제품은 구경조차 할 수 없었으며 휴대폰은 상상조차 못 했다. 그땐 그 나름대로 큰 불편 없이 잘 살았지만 이제 전기 없는 생활은 생각하기도 싫을 만큼 전기 세상이 되었고 인류의 삶을 획기적으로 바꿔놓았다. 밤을 낮같이 밝히면서 새로운 문명을 창조했고 산업과 교통과 통신의 발달로 예전의 황제보다 더 화려하고 편리한 생활을 누리고 있다. 첨단 과학기술과 접목되면서 시간과 공간의 개념마저 초월하는 등 끝없이 진화하면서 인류를 점점 전기의 노예로 만들고 있다. 언젠가는 전기로 작동되는 AI인간이 거꾸로 인간을 지배하게 될지도 모를 일이다. 수천 년을 전기 없이 살아온 인류지만 이제 단 며칠만 블랙아웃이 되어도 지구촌은 마비가 되고 대혼란으로 아수라장이 될 것이다.

전기는 도깨비 방망이 같은 만능의 에너지다. 필요에 따라 열에너지,

빛에너지, 물리에너지 등으로 바꿔 쓸 수 있을 만큼 훌륭하다. 그러나 대용량으로 저장하였다가 비상사태 때 다시 꺼내 쓸 수 없는 치명적인 단점이 있다. 전기를 탱크에 저장할 수도 없고 차량이나 파이프라인을 통해 운송할 수도 없다. 발전소에서 생산되는 대로 송전과 배전의 변전소를 거쳐 수많은 전봇대와 전깃줄을 통해 필요한 곳에 보내지는데 그 과정에서 에너지의 손실도 크고 쓰고 남는 전기는 버려질 수밖에 없다. 갑작스런 폭염 등으로 전기 수요가 예상보다 급격하게 증가하여 공급량을 초과할 경우 블랙아웃이 발생되는 것도 전기를 대용량으로 저장할 수 없기 때문이다. 그나마 화력발전소나 원자력발전소의 경우는 전기 수요를 예측하여 공급량을 어느 정도 조정할 수 있지만 날씨에 따라 전기 생산이 들쭉날쭉한 태양광이나 풍력은 인위적으로 조절할 수 있는 방법이 없다. 따라서 탄소중립 시대에 재생에너지의 확대보급을 위해서는 전기의 저장 방법이 꼭 필요하다.

전기를 저장하는 방법에는 양수발전과 배터리가 이용된다. 양수발전은 전기에너지를 위치에너지로 바꾸어 저장하였다가 필요시 다시 전기를 생산하는 것이다. 예를 들면 잉여전기로 댐 아래쪽의 물을 위쪽으로 퍼 올려 가두어 두었다가 필요할 때 다시 아래로 흘려보내 발전하는 방식이다. 21세기의 첨단과학 시대에도 전기 저장방법은 이처럼 원시적이다. 양수발전은 입지조건 등을 고려할 때 지리적 한계가 있고 전체 전력생산에서 차지하는 비중도 의미 있는 수준이 아니다. 최근에 주로 쓰이는 저장방식은 태양광이나 풍력 발전에 이용되는 ESS(Energy Storage System)형태의 리튬이온 배터리다. 이 배터리는 휴대폰이나 노트북 컴퓨터, 전기자동차 등에 많이 사용되고 있으며 여러 개를 연결하여 건물이나 가정용 비상전원으로 사용하기도 한다. 날씨에 따라 전기 생산이 일정하지 않은 재생에너지 시설에 대량으로 연결하여 ESS형태로 저장하였다가 피크 타임이나 블랙아웃 시 사용할 수 있다. 그러나 대형 배터리 시설을 설치하려면 천문학적인 비용이 들어가기 때문에 저장 용량에 한계가 있고 화재발생 문제도 해결해야 할 과제다. 2022년 10월 15일 소위 '카카오 먹통사태'로 온 나라가 통신 블랙아웃을 경험한 적이 있었는데 그때도 ESS 배터리의 화재가 원인이었다.

전기의 저장방법 중 주목받고 있는 것이 수소다. 양수발전이든 배터리 방식이든 일단 전기를 저장할 수는 있지만 그 전기를 다른 곳으로 운송하려면 전봇대와 전깃줄이 필요하다. 그러나 수소는 탱크에 저장하였다가 필요시 차량이나 파이프라인을 통해 운송할 수 있다. 다만 전기를 생산할 수 있는 별도의 연료전지가 필요하다. 현재 사용되고 있는 전지에는 3종류가 있는데 1차 전지는 손전등이나 리모컨 등에 쓰이는 건전지 형태로 충전이 불가능한 1회용이다. 2차 전지는 위에서 언급한 바와 같이 외부의 전기를 충전하여 반복해서 사용할 수 있는 리튬이온 배터리 형태인데 대용량의 전기를 운반하려면 배터리 무게를 감당하기 어렵다. 3차 전지가 바로 연료전지인데 주유소에서 기름을 넣듯 수소를 공급해 주면 자체적으로 전기를 생산할 수 있다. 잉여전기로 수소를 생산하여 저장하였다가 필요시 운반하여 사용할 수 있으며 자동차나 가정용부터 발전소까지 폭 넓게 이용할 수 있다. 다만 액화수소를 만들어 부피를 줄이는 것이 큰 과제다.

　수소의 원료는 물이다. 잉여전기로 물을 전기분해하여 수소를 생산하고 그 수소를 저장하였다가 필요시 연료전지에 공급하여 전기를 생산하면 부산물로 다시 물이 생성되므로 온실가스 배출도 없다. 만약 물을 전기분해할 때 사용되는 전기마저 태양광이나 풍력 같은 재생에너지가 쓰인다면 이보다 완벽한 친환경 전기 시스템은 없을 것이다. 그러나 아직은 전기분해의 경제성 문제, 액화수소의 기술적인 문제, 저장과 운반에 필요한 인프라 부족 등 해결해야 할 문제가 많다. 화석연료에서 재생에너지로 전환되는 탄소중립 시대에 태양광이나 풍력의 변동성을 보완하려면 전기의 저장 기술은 꼭 필요하고 그 최적의 방법으로 수소가 유망해 보인다. 물에서 답을 찾아야 할 것 같다.

친환경 수소의 색깔론

탄소중립의 완성은 수소가 될 것이다.

수소는 탄소중립 시대에 들어서면서 새로운 전환점을 맞고 있다. 우리나라는 2020년 세계 최초로 「수소법」을 제정하여 2021년부터 시행에 들어갔다. 오래전 나무를 태우던 탄소(C) 시대에서 석탄이나 석유로 대표되는 탄화수소(CH) 시대를 거쳐 이제 수소(H) 시대로 옮겨가고 있다. 수소는 물을 원료로 생산할 수 있어 자원이 풍부하고 온실가스 배출이 없는 친환경 에너지이며 단위 질량당 에너지 효율도 높다. 가볍고 반응성이 큰 수소는 공기 중에 기체로 존재하는 경우는 드물고 대부분 화합물 형태로 존재한다. 산소와 결합하여 물이 되거나 탄소와 연결되어 화석연료나 유기물 형태가 되기도 한다. 따라서 수소를 생산하려면 물이나 화석연료로 부터 수소를 분리하는 기술이 필요하고 그 과정에서 원료의 종류에 따라 상당량의 이산화탄소가 발생된다.

수소의 친환경 여부는 색깔로 구분한다. 생산과정에서 발생하는 이산화탄소의 배출 유무에 따라 크게 브라운(brown), 그레이(gray), 핑크(pink), 블루(blue), 그린(green) 등의 5가지로 분류된다. 이 외에도 생산방식에 따라 자주, 청록, 홍색, 백색 등 다양한 명칭이 있다.

브라운수소는 석탄을 태워 일산화탄소를 만든 다음 물과 반응시켜 생산하고, 그레이수소는 천연가스인 메탄을 수증기와 반응시켜 생산한다. 현재 가장 많이 쓰이는 생산방식은 천연가스를 개질하는 그레이수소이고 생산 단가가 가장 저렴한 것은 브라운수소다. 요즘은 생산 단가를 더 낮추기 위해 석탄보다 값이 싼 갈탄을 이용하려는 경향도 있다. 이처럼 화석연료를 원료로 이용할 경우 수소 생산과정에 다량의 이산화탄소가 발생되는데 석탄이 천연가스보다 훨씬 더 많이 배출된다. 이를 해결하기 위해 탄소포집기술을 이용하여 이산화탄소를 제거하면 블루수소가 된다. 그러나 이산화탄소를 포집하여 제거한다 해도 생산 공정에 사용된 전기가 화력발전소의 전기를 사용했다면 전과정평가(LCA)에서 친환경 에너지로 인정받지 못한다. 따라서 궁극적으로는 태양광이나 풍력 같은 재생에너지로 생산한 전기로 물을 전기분해하여 수소를 생산할 경우 완벽에 가까운 친환경 수소가 되는데 이를 그린수소라 한다. 다만 그린수소는 생산과정에 온실가스의 배출이 없고 품질 좋은 수소를 생산할 수 있지만 단가가 비싸서 상용화하기엔 아직 해결해야 할 문제가 많다. 블루수소와 그린수소를 청정수소라 부른다.

한편 재생에너지 대신 원자력발전소의 전기를 이용하여 생산한 수소를 핑크수소라 한다. 핑크수소를 청정수소의 범위에 포함시키는 문제에 대해 논란이 있었지만 EU는 여러 가지 현실적인 문제를 감안하여 2022년 원전과 천연가스를 친환경 분류체계인 그린 택소노미(Green Taxonomy)에 포함시켰다. 우리나라도 2022년 새 정부가 들어서면서 그동안의 탈원전 정책을 철회하였고 한국형 K-택소노미에 원전을 포함시키면서 핑크수소도 청정수소가 될 전망이다.

수소산업의 가장 큰 과제는 저장과 운반이다. 기체는 부피가 커서 많은 양을 저장하거나 운반하려면 압축하여 고압가스로 만들거나 액화시켜야 하는데 두 방법 모두 만만찮다. 물은 0℃에서 얼고 100℃가 넘으면 끓어서 기체로 변하지만 수소의 끓는점은 무려 영하(-) 253℃다. 물은 상온에서 언제든 액체로 존재하지만 수소를 액화시키려면 영하 253℃이하로 유지해야 하는 어려움이 있다. 액화수소는 부피를 수백분의 1까지 줄일 수 있지만 상용화하기엔 아직 기술적으로나 경제적으로 해결해야 할 문제가 많다. 따라서 현재는 주로 고압가스 형태로 이용되는데 같은 부피일 경우 휘발유에 비해 에너지 밀도가 낮다. 기체의 한계다. 액화수소의 낮은 온도 문제를 해결하기 위해 최근에는 암모니아를 수소 운반체로 활용하는 방안이 연구되고 있다. 수소를 질소와 반응시켜 암모니아(NH_3)를 만들어 운송한 다음 다시 탈수소화 반응으로 수소를 재생시키는 방법이다. 그러나 이 또한 수소를 재추출하는 과정에 많은 비용이 든다. 연구개발한 기술이나 발명품을 공업화하여 상용화시키려면 늘 경제성이 문제가 된다. 아직은 해결해야 할 과제가 많지만 탄소중립 시대의 에너지 전환은 이미 시작되었다. 21세기의 최종 에너지는 물로 만든 그린수소가 될 것이다.

모빌리티의 혁명 전기자동차

바야흐로 전기자동차 시대가 열렸다.

오랫동안 이동수단으로 사용됐던 마차는 내연기관의 발명으로 역사 속으로 사라졌다. 자동차는 지난 130여년 동안 산업과 일상생활에서 인류에게 크게 이바지해 왔다. 그러나 경제성장과 소득증가, 교통 인프라의 발달로 자동차가 급증하면서 배기가스로 인한 대기오염 문제가 심각해지고 있다. 휘발유와 경유를 태우면서 발생되는 일산화탄소는 공기 중의 산소와 반응하여 온실가스의 주범인 이산화탄소가 되고, 질소산화물과 탄화수소는 햇빛의 자외선과 반응하여 광화학 스모그를 일으키며, 매연은 미세먼지의 원인이 되고 있다. 21세기에 기후변화가 지구촌의 화두가 되면서 자동차 부분에서도 온실가스 감축을 위한 연료의 혁명이 일어나고 있다. 화석연료를 태우는 내연기관에서 엔진도 없고 배기가스도 없는 전기자동차로 큰 흐름이 옮겨가고 있다.

현재 사용되는 전기자동차의 연료는 전기와 수소다. 휴대폰처럼 차량에 탑재된 배터리에 전기를 충전하면 전기자동차고, 차량에 설치된 연료전지에 수소를 공급하여 차체에서 전기를 생산하면 수소전기자동차다. 줄여서 통상 전기차와 수소차로 부르지만 둘 다 전기자동차다.

전기차와 수소차의 법률상 분류는 다소 복잡하다. 오염물질의 배출여부로 구분하는 「대기환경보전법」에서는 제1종 저공해 자동차에 해당되고, 에너지 소비효율로 평가하는 「친환경자동차법」에서는 환경 친화적 자동차로 분류된다.[1][2]

자동차의 오염물질은 주행 과정에서 배출된다. 따라서 주행 중에 오염물질의 배출이 없는 전기차나 수소차를 무공해차라 부르기도 한다. 그러나 전기나 수소의 생산과정에 온실가스가 배출된다면 사정은 달라진다. 예를 들어 화력발전소에서 생산한 전기를 배터리에 충전하거나, 석탄이나 천연가스로 생산한 수소를 연료전지에 공급한다면 무공해차라 할 수 없다. 전과정평가(LCA)로 산출한 자료에 의하면 화력발전소의 전기를 충전한 전기자동차의 1km당 이산화탄소 배출량이 휘발유 자동차의 절반 수준이다.[3] 만약 태양광이나 풍력 혹은 원전에서 생산된 전기로만 충전할 경우 온실가스 배출이 거의 없지만 그렇다고 무공해차라 할 수는 없다. 언제부턴가 무공해란 완벽한 용어가 자동차뿐만 아니라 농수축산물이나 식품 등에서도 무분별하게 사용되고 있는데 오해를 불러올 수 있다. 기본적으로 원료를 가공하고 에너지를 소비하여 인위적으로 생산한 물품 중에 무공해란 있을 수 없다. 원료 채취부터 생산과정, 수송 등 전과정평가를 할 경우 완벽할 수 없기 때문이다. 그리고 무공해든, 저공해든 '공해'란 말 자체에 부정적 이미지가 있다. 무공해, 저공해보다는 좀 더 긍정적인 '1등 친환경', '2등 친환경' 등으로 표현하면 어떨까 한다.

우리나라는 전기차와 수소차 부분에서 선도적 위치에 있다. 2022년

3분기 기준 누적 자동차등록대수는 25,356천대로 인구 2명당 1대 꼴이다. 이중 전기차가 347천대, 수소차가 약 27천대로 아직은 전체의 1%정도에 불과하지만 5년 전인 2016년의 전기차 11천대, 수소차 87대와 비교해 보면 장족의 발전을 한 것이다.[4] 정부와 지자체에서도 친환경 자동차의 확대보급을 위해 전기차나 수소차를 구매할 때 국고보조금과 지방보조금을 합해 수 천 만원까지 지원해주고 있다. 내연기관 자동차의 배출가스 규제는 갈수록 엄격해지면서 디젤이나 가솔린 자동차의 입지는 점점 더 좁아지고 수출도 어려워지고 있다. 2025년부터는 노르웨이를 시작으로 2040년이면 대부분의 유럽 국가와 아시아의 일부 국가에서도 내연기관 자동차의 신차 판매를 금지할 예정이다.[5][6]

에너지 전환 정책과 경제안보가 상충되기도 한다. 러시아와 우크라이나의 전쟁으로 유럽에 천연가스 공급이 어렵게 되면서 탈석탄 정책에 제동이 걸리기도 하고 내연기관의 신차 판매 금지에 반대하는 국가도 있다. 자국의 산업보호와 국제관계의 역학 구도에 따라 전기자동차에 대한 보조금 지급을 축소하거나 폐지하려는 움직임도 있다. 미국은 2022년 8월 북미 지역에서 조립되거나 생산되는 전기차 외에는 보조금 지급을 중단하겠다는 '인플레이션 감축법'을 발표했는데 미국 시장의 비중이 큰 우리나라의 경우 어려움이 예상된다. 게다가 배터리의 자재나 부품에 대해서도 또 다른 경제안보 정책이 추진될 전망이다. 우리나라는 배터리의 핵심 소재를 상당부분 중국에서 수입하고 있는데 중국산 리튬가격이 계속 오르면서 엎친 데 덮친 격이 되고 있다. 숱한 어려움을 극복해낸 한국 기업들이 이번 위기도 잘 극복하여 또 다른 도

약의 기회로 만들었으면 좋겠다.

아직은 자동차 가격과 충전 인프라의 부족, 긴 충전시간 등 해결해야 할 과제가 많지만 모빌리티의 혁명은 이미 시작되었다. 마차가 그랬듯 내연기관 자동차도 언젠가는 역사 속으로 사라질 것이다.

탄소중립과 에너지 믹스

탄소중립 시대의 에너지 정책은 믹스가 대세다.

전기를 생산하려면 막대한 비용이 들어가는 발전시설이 있어야하고 터빈을 돌릴 또 다른 에너지원이 필요하다. 그 에너지원으로 석탄이나 천연가스를 사용하면 화력발전소가 되고 물의 낙차를 이용하면 수력발전소가 된다. 햇빛을 이용하는 태양광발전소, 바람의 풍력발전소, 우라늄의 원자력발전소도 있다. 그 중에서 수력, 태양광, 풍력으로 생산된 전기를 재생에너지라 한다. 이 외에도 두 가지 이상의 연료로 발전효율을 높인 복합 화력발전소와 전기와 열을 생산하여 지역난방에 공급하는 열병합발전소 등이 있다. 온실가스 배출을 줄이려면 화력발전소를 폐지하고 신재생에너지를 늘려야하는데 나라마다 입지조건이 다르므로 현실적으로 어려움이 많다. 따라서 천연가스나 신재생에너지, 원전 등을 섞어서 복합적으로 운영하는 것을 에너지 믹스 정책이라한다.

신재생에너지는 신에너지와 재생에너지로 나뉜다. 「신재생에너지법」에 따르면 신에너지란 수소에너지, 연료전지, 석탄액화ㆍ가스화에너지, 바이오에너지, 폐기물에너지 등이며 재생에너지는 수력, 태양광, 풍력,

해양에너지, 지열 등으로 분류한다.[7] 불과 20여년 전만하더라도 재생에너지하면 수력발전소가 대표적이었지만 탄소중립 시대에 들어서면서 태양광과 풍력발전소가 증가되고 있다. 한국전력공사의 자료에 의하면 2021년 기준 우리나라의 에너지원별 발전량은 석탄이 35%로 가장 많았고 천연가스 29%, 원자력이 27%의 수준이며 수력, 태양광 등을 포함한 재생에너지가 약 8% 정도다.[8] 2016년부터 2021년까지 지난 5년간의 부문별 발전량 추이를 보면 화력발전과 원전은 감소한 반면 복합 화력과 신재생에너지는 증가하였다. 파리기후협약 이후 석탄화력발전소는 기후악당으로 낙인찍혀 퇴출대상 1호로 전락되었고 그 자리에 천연가스와 재생에너지가 빠르게 치환되고 있다.

태양광이나 풍력발전소는 지리적 조건의 영향을 많이 받는다. 광활한 땅덩어리나 일조시간, 풍속 등에서 유리한 조건에 있는 국가와 국토가 좁고 산악지형이 많은 나라와는 전력 생산 단가에서 차이가 날 수밖에 없다. 재생에너지 사용이 강화될 경우 자국에서 생산하는 것보다 공장을 해외로 이전하는 것이 더 경제적일 수도 있다. 또한 날씨에 따라 전력생산이 들쭉날쭉한 태양광이나 풍력의 변동성을 보완하려면 별도의 예비 발전소가 필요한데 천연가스나 원자력발전소가 이용될 수밖에 없다. 반면 태양광이나 풍력발전소는 한번 설치하면 수명이 다할 때까지 별도의 연료비가 필요 없는 장점이 있다. 결국 전기 생산방식은 지리적 여건이나 기상조건 등을 고려하여 자국의 이익에 최적한 발전소를 선택할 수밖에 없는데 우리나라의 경우 재생에너지의 입지조건이 썩 유리한 편은 아니다. 탄소중립의 목표 해인 2050년까지는 전력 소비량이 훨씬 더 증가될 것으로 예상되는데 탈석탄 정책으로 부족해진 전력을 재생에너지만으로 충당하는 데는 현실적인 한계가 있으므로 에너지 믹스 정책이 필요하다.

탄소중립 시대에 원자력이 다시 주목받고 있다. 1950년대에 시작된 원자력발전소는 꾸준히 증가해오다가 1986년 우크라이나의 체르노빌 사건과 2011년 일본의 후쿠시마 원전사고를 겪으면서 탈원전을 표방하는 나라들이 늘어났고 원자력은 정체되거나 축소되어 왔다. 그러나 전기 생산의 변동성 등을 고려할 때 태양광이나 풍력만으로 탄소중립을 실천하는데 한계가 있음을 인식하게 되면서 2018년 IPCC보고서에서도 이산화탄소 배출이 없는 발전방식에 재생에너지와 함께 원자력을 언급하기 시작했다. 전력생산 1kWh당 이산화탄소 배출량이 석탄 발전소가 약 800g 내외이고 천연가스 복합 발전소가 그 절반 수준인 반면 태양광은 41g으로 석탄 화력발전소의 20분의 1의 수준이며 원자력은 그보다 더 적은 12g 이다.[9][10] 태양광이나 원자력발전소의 경우 직접적으로 배출되는 이산화탄소는 없지만 설비 운영이나 수송 과정 등 전과정평가(LCA)를 했을 때 산출된 숫자다.

원전에 대한 국제적인 시각도 변하고 있다. 최근에는 기존의 원전보다 규모가 작고 안전성이 더 확보된 소형모듈원전(SMR, Small Modular nuclear Reactor)에 대한 관심이 높아지고 있다. 영국, 캐나다, 미국, 중국 등 여러 나라에서 소형 원전의 개발과 설치를 계획하고 있다. 탈원전 정책으로 향하던 국제 흐름이 탄소중립의 현실적인 문제

와 자국의 에너지 안보전략이 필요해지면서 다양한 에너지 믹스 정책
이 모색되고 있다. 우리나라도 천연가스와 재생에너지 그리고 원전의
적절한 에너지 믹스로 탄소중립의 연착륙을 기대해본다.

나무의 탄소흡수

　나무는 그 자체로 탄소 저장고다.

　탄소중립을 달성하려면 각 분야에서 이산화탄소를 감축해야 하는데 그러려면 먼저 배출량과 흡수량에 대한 계산이 필요하다. 배출량은 에너지, 산업, 수송 등 부문별로도 산정이 가능하지만 흡수량의 계산은 이론적으로 추측할 수밖에 없다. 이산화탄소의 흡수는 식물의 광합성 작용에 의해 일어난다. 물론 산림 외에도 많은 양이 바다에 흡수되고 빗물에 씻겨 토양에 흡수되기도 하지만 이 부분은 사실상 계산이 불가능하므로 변수가 아닌 상수로 볼 수밖에 없다. 산림의 탄소 흡수량은 인위적인 조정이 어렵고 나라마다 산림환경이 다르며 나무의 종류나 나이에 따라서도 흡수량에 차이가 있다. 이런 점을 감안하여 IPCC에서는 탄소 흡수량 산출을 위한 가이드라인을 제시하고 있으며 그것을 토대로 나라마다 국가고유계수를 개발하여 산림의 흡수량을 산정하고 있다.

　나무가 생장한다는 것은 결국 탄소 축적량이 늘어나는 것과 같다. 흡수된 이산화탄소는 줄기, 가지, 잎 등의 지상부와 지하부의 뿌리 등에 저장되는데 생장 속도가 빠르고 목재가 단단할수록 흡수량도 많아질 것이다. 탄소 흡수량을 계산하려면 먼저 나무 전체의 바이오매스를 산출해야 하는데 여기에는 숲의 부피와 밀도, 나무의 종류, 줄기와 뿌리의 비율 등 여러 가지 복잡한 고유계수가 적용된다. 국립산림과학원의 장윤성 등이 편찬한 「산림과 탄소 이야기」에는 나무의 이산화탄소 흡수량에 대해 자세히 소개되어 있다.[11] 이 소책자에 나온 산림의 이산화탄소 흡수량 계산식은 임목축적 증감량에 각종 고유계수를 곱하여 산출한다. 임목축적 증감량이란 숲의 종류와 나무의 나이에 따라 분류된 정기적인 조사 지점에서 단위 면적당(ha) 나무의 생장량(m3/ha)을 곱하면 나무의 실제 생장부피(m3)가 계산되는데 그것이 임목축적 증감량이다. 각종 탄소 흡수 계수는 국가 온실가스 인벤토리보고서의 부록에 침엽수와 활엽수로 구분하여 제시되어 있다. 예를 들어 침엽수의 경우 목재 기본밀도 0.46, 바이오매스 확장계수 1.43, 뿌리·지상부 비율 0.27, 탄소전환계수 0.51 등이다.[12] 이렇게 계산한 2019년 우리나라 산림의 이산화탄소 총 흡수량은 4천3백2십만 톤으로 온실가스 총 배출량 7억 140만 톤의 약 6%에 해당된다.

나무의 종류에 따라서도 탄소흡수량이 다르다. 국립산림과학원의 이선정 등이 연구한 「주요 산림수종의 표준 탄소흡수량」에 의하면 30년생 나무를 기준으로 한 그루당 연간 흡수하는 이산화탄소 양은 상수리나무가 약 14kg으로 가장 많았고 그 다음이 낙엽송, 잣나무 순이었으며 소나무류는 8~9kg으로 나타났다.[13] 조사대상 중 이산화탄소 흡수량이 가장 많았던 나무는 45년생 낙엽송으로 연간 16kg 이상을 흡수하는 것으로 나타났다. 낙엽송은 잎이 가늘고 작은데 의외다. 나무의 탄소 흡수량을 계산할 때 흔히 인용되는 한 그루당 6.6kg은 40년생 중부지방 소나무를 기준으로 한 것이다. 2019년 우리나라 1인당 온실가스 배출량은 13.6톤이었는데 이를 흡수하려면 연간 30년생 소나무 1,500그루 이상이 필요하다. 물론 이러한 수치는 단순히 이론적인 계산으로 실제와 다를 수 있지만 배출량과 흡수량의 전체적인 윤곽을 파악하는데 도움을 준다.

나무도 나이가 들수록 탄소 흡수량이 줄어든다. 대개 수령 40년을 변곡점으로 보는데 우리나라의 산림 중 70%이상이 1970년대 치산녹화사업으로 심었던 나무들로 평균 수령이 50년 전후다. 2021년 국가 온실가스 인벤토리보고서에 나와 있는 산림지의 이산화탄소 흡수량 통계를 보면, 조사가 시작된 1990년 3,800만 톤이었던 것이 꾸준히 증가하여 2008년에 6,100만 톤으로 정점을 찍은 후 매년 감소 추세에 있으며 2019년엔 약 30%가 줄어든 4,300만 톤으로 나타났다. 이런 현상은 갈수록 더 심화될 것으로 예측된다. 정부에서도 탄소 흡수원을 확대하기 위해 경제림 단지조성, 유휴토지의 산림전환, 생활권 도시 숲 확대 등 다양한 숲 늘이기 정책을 시행하고 있다. 어떤 생명이든 나이가 들면 생장이 둔화되고 기능이 떨어진다. 숲의 탄소 흡수량을 늘이려면 꾸준한 묘목심기 운동으로 수령의 조화를 이루어야 한다. 인간세상이나 숲의 생태계나 저출산, 고령화에 대한 장기적인 대책이 필요한 것 같다.

탄소포집기술이란

탄소포집기술은 아직 갈 길이 멀다.

이산화탄소의 포집기술은 1990년대부터 본격적으로 활용되었다. 처음에는 이산화탄소 제거가 목적이 아니라 화석연료인 석유를 증산하기 위해 이산화탄소가 활용되었다고 한다.[14] 석유는 땅속 깊은 곳에서 높은 압력에 의해 응축되어 있는데 계속해서 퍼내면 압력이 낮아져 생산성이 떨어진다. 이때 땅속에 묻혀있는 석유나 천연가스의 압력을 높이기 위해 이산화탄소를 주입하는 공법이 쓰였는데 그 과정에서 탄소포집기술이 필요했던 것이다. 화석연료를 생산하는데 쓰였던 포집기술이 지금은 거꾸로 화석연료를 태우면서 발생되는 이산화탄소를 제거하기 위한 목적으로 사용되는 것을 보면 석유와 이산화탄소는 끊을 수 없는 인연인 것 같다. 온실가스를 감축하려는 인류에게 이산화탄소만 별도로 포집해서 제거하는 기술은 매력적일 수밖에 없다.

이산화탄소의 포집기술은 크게 2종류로 쓰인다. 포집된 이산화탄소를 산업용으로 다시 활용하는 CCU(Carbon Capture Utilization) 기술과 땅속 깊은 곳에 저장하여 영원히 격리하는 CCS(Carbon Capture Storage) 기술로 나뉘며, 두 기술을 합하여 탄소포집 · 활용 · 저장

(CCUS, Carbon Capture, Utilization and Storage) 기술이라 부른다. 포집기술을 적용하는 대상은 주로 화력발전소이며 그 외에 이산화탄소 배출이 많은 시멘트공장, 제철소, 석유화학공장 등에 적용할 수 있다. 제철소나 석유화학공장에서는 오래전부터 자체적으로 이산화탄소를 포집하여 활용해오고 있다. CCU기술은 석유화학제품의 대체원료나 탄산칼슘, 중탄산나트륨 등을 만들어 화장품, 식품 등에 활용할 수 있지만 아직은 개발단계이며 사용처도 미미한 수준이다. 현재로선 CCS기술이 유용해 보인다. 세계 각국에서 다양한 CCS사업이 개발되고 있으며 우리나라도 바다 속 저장소를 물색하기 위해 여러 곳을 탐사 중이다.

한편 공기 중에 있는 이산화탄소를 직접 포집하는 방법도 있으나 농도가 낮고 기체의 부피가 크므로 많은 비용과 에너지 소모에 비해 실효성이 떨어진다. 최근에는 수소 산업에 탄소포집기술을 적용하려는 움직임이 활발하다. 수소는 대부분 천연가스(CH_4)에 수증기(H_2O)를 혼합시켜 생산하는데 그 과정에 다량의 이산화탄소(CO_2)가 발생한다. 이때 이산화탄소를 포집하여 제거하면 온실가스 배출이 감축된 블루수소가 생산된다. 현재로선 화석연료를 사용하면서 온실가스를 감축할 수 있는 유일한 방법이지만 때로는 그 부분 때문에 일부 환경단체에서 탄소포집기술을 반대하기도 한다. 온실가스 감축을 위해 폐쇄시켜야 할 화력발전소에 대해 계속 사용할 수 있는 빌미를 주기 때문이다.

지구의 기후위기는 어느 한 나라만의 탄소중립으로 해결될 문제가 아니다. 개발도상국의 경우 화력발전소를 당장 폐쇄하는 것도 현실적으로 어렵다. 탄소포집기술은 경제성과 실효성 그리고 기술적인 측면에서 아직은 해결해야 할 과제가 많다. 그러나 탄소중립을 위해 배출량을 감축하는 노력만으로는 한계가 있기 때문에 획기적인 탄소포집기술은 반드시 필요하다. 지금 이 순간에도 누군가는 새로운 기술을 찾아내기 위해 밤잠을 설치며 시행착오를 거듭하고 있을 것이다. 그들에게 영광이 있기를!

지구도 삼킬 맛 세상

녹색생활과 녹색제품

탄소발자국 계산해보기

탄소발자국 줄이기

탄소세와 탄소시장

처음 가보는 험난한 길

이모티콘

지구도 삼킬 맛 세상

늘 세치 혀가 문제다.

혀가 요사스럽기로는 말을 할 때와 맛을 볼 때다. 침묵하면 모두가 편안해질 텐데 그놈의 혓바닥이 꼭 말을 하고야 만다. 말은 하면 할수록 점점 더 많아지고 자극적으로 변한다. 입맛도 그렇다. 요즘은 배가 고파 먹는 것이 아니라 맛을 위해 먹는 맛 세상이다. 소위 '먹방' 프로그램이 대중적 인기를 끌면서 방송채널마다 음식을 주제로 한 먹거리 방송이 인기다. 전국의 맛 집은 기본이고 세계 곳곳의 별난 식재료와 별미들이 다양한 조리법과 함께 소개되고 맛 집, 맛 지도, 맛 여행 등 맛을 위한 문화들이 넘쳐난다. 불과 반세기 전만해도 못 먹어서 영양실조를 걱정했지만 이제는 너무 먹어서 비만이라는 질병이 일반화되었고 살을 빼기 위한 다이어트가 거대한 산업으로까지 발전하고 있다. 가는 곳마다 별미 음식과 퓨전요리가 넘쳐나고 자극적이고 달콤한 식품이 끝없이 개발되면서 맛이 어디까지 진화할지 상상조차 어렵다. 먹고살기 힘든 시절도 아닌데 왜 이렇듯 먹는 것이 주요 관심사가 되었을까?

맛은 갈수록 복잡하게 진화하고 있다. 한식, 중식, 양식 등 고유한 특징이 있던 기존의 요리들이 국적 불명의 퓨전요리로 재창조되고 있다. 지금도 충분히 맛있는 음식이 넘쳐나는데 더 달고, 더 짜고, 더 자극적인 맛이 경쟁적으로 창조되면서 점점 상업적인 맛에 빠져들고 있다. 예를 들어 닭요리만 해도 예전엔 담백한 백숙이나 닭볶음 정도였던 것이 치킨이라는 튀김요리가 등장하면서 수많은 브랜드와 상호들이 우후죽순처럼 생겨났다. 어쩌다 치킨을 주문하려면 프랜차이즈 형태의 업소가 너무 많아 어느 곳에 주문해야할지 헷갈리고 어렵게 한곳을 선택해서 메뉴판을 들여다보면 이번엔 무슨 뜻인지 알 수 없는 생소한 이름의 메뉴가 가득하여 또 다시 머리가 복잡해진다. 게다가 다리, 날개, 몸통 등을 부위별로 따로 선택할 수 있어 나같이 우유부단한 성격은 선택의 딜레마에 빠진다. 그러나 막상 이것저것 먹어보면 기름에 튀긴 닭고기 맛은 큰 차이를 모르겠다. 김치나 된장 같이 곰삭은 세월의 맛이나 재료 본연의 고유한 맛보다는 조미료와 양념으로 버무려진 자극적인 맛에 길들여지고 있다.

맛은 혀의 속임수 같다. 가령 같은 음식도 배고플 때의 맛과 배부를 때의 맛이 다르고, 기분 좋을 때와 화가 났을 때의 맛이 다르다. 입속에 머무는 잠간의 쾌감을 위해 인류는 상상을 초월할 만큼 많은 시간과 노력과 돈을 투자해 왔다. 그러나 맛의 허구성을 입증하는 데는 단 몇 초면 충분하다. 제아무리 맛나고 진귀한 산해진미라도 씹다가 뱉는 순간 다시 입속에 넣고 싶지 않을 만큼 흉하고 역겹다. 만약 음식이 소화되고 흡수되는 동안 위장이나 소장, 대장 등의 장기에서도 계속 맛을 느낄 수 있다면 어떻게 되었을까? 아마도 맛 때문에 전쟁이 끊이지 않았을 것이고 수많은 생명들이 희생당하면서 생태계가 파괴되어 지구가 멸망의 길로 들어섰을지도 모른다. 세치 혀에서만 맛을 느끼는 것은 지구촌의 다른 생명들에게는 그나마 천만다행이다. 혀에서 느끼는 그 짧은 순간을 위해 그렇게까지 시간과 에너지를 소비할 필요가 있는지 의문이 들 때도 있다. 맛도 채울수록 허기지는 욕망을 닮았기 때문일까.

맛 때문에 생기는 부작용도 많다. 맛의 중심에는 설탕과 소금과 기름이 있기 때문에 건강과 반비례하는 경우가 많다. 세치 혀를 위해 많은 장기들이 고생바가지다. 맛 때문에 생태계에 피해를 주기도 한다. 굳이 안 먹어도 되는 음식을 맛보기 위해 오지를 찾아가고 희귀 동식물이 건강식품으로 둔갑하면서 밀림 속을 사냥하다가 예상치 못한 바이러스의 감염으로 코로나19 같은 펜데믹의 원인을 제공하기도 한다. 더 맛있는 음식을 위해 더 많은 에너지가 소비되고 안 먹어도 되는 지구 반대편 식재료의 수송과 보관을 위해 또 다른 온실가스가 배출된다. 맛 때문에 발생되는 음식물 쓰레기의 양도 상상을 초월하고 그 쓰레기를 처리하는데 또 다시 돈과 에너지가 소비된다. 그러나 지구촌 한편에서는 원조되는 우유 한 컵으로 하루를 버티는 깡마른 어린이도 있다. 먹는 문제와 관련하여 지구촌에는 양 극단의 역설이 존재한다. 생명유지가 아닌 맛을 위해 먹는 동물은 인간이 유일할 것이다. 이대로 가다가는 세치 혀가 지구도 삼킬 기세다.

녹색생활과 녹색제품

녹색은 기후위기를 예방하는 백신이다.

지구에 존재하는 생물을 통틀어 바이오매스(biomass)로 평가하면 가장 많은 것이 식물이며 전체의 약 80%이상을 차지한다고 한다.[1] 녹색은 풀색 또는 나뭇잎 색이라 부를 만큼 숲의 색이고 육지에서 가장 흔하게 볼 수 있는 자연의 색이다. 특히 밝은 녹색인 연두색은 새싹이나 새순이 연상되어 깨끗하고 건강한 생명의 느낌이 든다. 이런 이미지를 바탕으로 녹색은 전 세계에서 자연과 환경보호의 상징으로 쓰이기 시작했고 녹색이나 그린이란 단어가 사용되면 자연스럽게 환경 친화적 이미지가 떠오른다. 가장 대표적인 것이 국제적으로 잘 알려진 민간 환경보호 단체인 그린피스(green peace)다. 날이 갈수록 지구 환경 문제가 심각해지면서 지난날의 건강했던 자연을 회복하려는 소망이 녹색 바람을 일으키고 있다.

탄소중립은 녹색시대를 지향한다. 우리나라에서 녹색이란 용어가 본격적으로 등장하기 시작한 것은 2010년 온실가스 감축을 위해 「저탄소 녹색성장 기본법」을 제정하여 그린스타트 운동을 전개하면서 부터다. 이 법률은 탄소중립 시대에 접어들면서 그 내용을 일부 보완하여 2021년 「탄소중립기본법」으로 명칭을 바꾸어 녹색물결을 이어가고 있다. 지구촌의 기후위기를 극복하기 위해 국가는 국제협약에 가입하고 그린뉴딜 정책을 추진하고 있으며, 기업은 녹색경영을 표방하고, 개인은 녹색생활을 통해 온실가스 배출량을 줄여야 하는 녹색시대를 살고 있다. 그러나 다양한 녹색 콘텐츠가 개발되고 녹색 용어에 대한 혼란이 생기면서 이에 대한 정리가 필요해졌다. 「탄소중립기본법」에서는 녹색성장, 녹색경제, 녹색기술, 녹색산업 등 관련 용어의 뜻을 정의하고 있으며 동법 제5조에는 녹색생활을 적극 실천해야할 국민의 책무를 규정하고 있다. 그 내용은 '에너지와 자원을 절약하고 녹색제품으로 소비를 전환하여 온실가스와 오염물질 발생을 최소화하는 생활'이다.

녹색생활은 녹색제품의 소비를 전제로 한다. 녹색제품에는 에너지효율 등급이 높거나, 재생 합성수지의 사용, 생분해성이거나 바이오매스 기반 상품, 재활용품을 원료로 한 상품 등이 있다. 기업은 녹색제품을 통해 탄소발자국 등의 환경정보를 투명하게 공개함으로써 제품에 대한 신뢰성을 높여 구매를 촉진시켜야하고, 소비자들은 이런 상품을 구매함으로써 환경보호에 이바지할 수 있다. 그런데 녹색제품의 범위가 법률에 따라 기준과 용어가 다르고 복잡하다. 「녹색제품구매법」에서 규정한 녹색제품의 적용범위를 보면 3가지로 분류된다.[2] 「탄소중립기본법」의 '녹색제품' 과 「환경기술산업법」의 '환경표지인증제품' 그리고 「자원재활용법」 및 「산업기술혁신법」에 따른 '우수재활용제품' 등으로 구분하고 있는데 소비자의 입장에선 헷갈리고 혼란스럽다.[3][4][5] 녹색관련 제품들을 알기 쉽게 통일시켰으면 좋겠다.

　녹색제품 중에 가장 눈에 띄는 것이 환경표지인증 제품이다. 환경부가 같은 용도의 다른 제품에 비해 친환경의 우수성을 공식 인정해 줌으로써 기업은 타제품과 비교해 경쟁력을 확보할 수 있고, 소비자들에게는 가치소비의 동기부여가 된다. 따라서 엄격한 인증기준으로 기업의 녹색기술 혁신을 유도하고 소비자들에게는 온실가스 감축을 체감할 수 있는 신뢰감을 주어야 한다. 그러나 그동안 추진해온 환경표지제도는 일반제품과 녹색인증 제품의 차별성이 뚜렷하지 못했고 소비자의 눈높이에도 많이 부족했다. 따라서 환경부에서는 2022년 5월 환경표지인증 기준을 개편할 것을 행정예고 했는데 그 주요 내용 중 하나가 '프리미엄 인증제'의 도입이다.[6] 품목별 상위 1%의 친환경 제품에만 프리미엄 표지를 부여하는 제도로 독일의 친환경표지인 '블루엔젤'보다 더 엄격한 기준을 적용하여 세계 최고 수준으로 끌어올린다는 계획이다. 우선 적용 대상으로는 노트북, 컴퓨터 모니터, 주방세제, 세탁세제, 샴푸·린스·보디워시, 의류 등 6개 품목이며 연차적으로 생활 밀착형 제품 전체로 확대할 예정이라고 한다. 녹색 소비자들을 만족시킬 수 있는 내실 있는 제도로 정착되길 바란다.

　녹색은 나에게 우연이 아닌 필연이었던 것 같다. 산이 많은 강원도에서 태어나고 자란 나는 어려서부터 사방팔방을 녹색에 둘러싸여 자랐다. 건강하고 소박한 시골의 일상은 늘 녹색이 배경이었고 생활이었다. 그 때문인지 평생 환경 분야에서 일하고 밥 먹고 살아왔다. 돌아보니 녹색은 고향의 색이었고 나를 탄생시킨 어머니의 색이었다.

탄소발자국 계산해보기

도시생활은 그 자체가 탄소발자국이다.

요즘은 기후변화의 영향으로 여름도 일찍 시작된다. 집안에선 웬만하면 선풍기로 버티려 했지만 무더위와 불쾌지수로 6월말부터 에어컨을 가동시켰다. 초여름부터 시원한 공기에 길들여지면 조금만 더워도 참기 힘들고 가을이 올 때까지 에어컨 가동을 중단하기 어렵다. 은퇴 후 집안에서 보내는 시간이 많다보니 TV도 자주 켜고, 냉장고 문도 수시로 여닫으며, 수돗물 사용량도 많아졌다. 때마다 밥상 차리고 설거지하기 번거로우니 간편한 배달음식도 찾게 된다. 반면 자가용 운행은 많이 줄었다. 무심히 반복되는 평범하고 기본적인 일상이지만 기후변화와 관련지으면 많은 온실가스를 발생시켰다. 온실가스에는 여러 종류가 있지만 대표적인 것이 이산화탄소이므로 줄여서 탄소로 통용된다.

탄소발자국이란 무엇일까? 발자국이란 단어에는 흔적을 남긴다는 의미가 내포되어 있다. 탄소발자국은 탄소 배출의 흔적이다. 개인의 소비생활부터 기업 활동과 국가의 모든 시스템에서 발생되는 온실가스를 이산화탄소량으로 치환하여 무게 단위(kg)로 나타낸 것이 탄소발자국이다. 제품의 경우 사용뿐만 아니라 생산, 유통, 폐기에 이르기까지 전과정평가(LCA)를 통해 발생되는 이산화탄소량을 산출한다. 이를 좀 더 쉽게 체감할 수 있도록 이산화탄소를 흡수하는 나무의 숫자로 환산하여 표현하기도 한다. 예를 들면, '주 1회 승용차 대신 대중교통 이용 시 연간 약 470kg의 이산화탄소량을 줄일 수 있고, 이는 71 그루의 나무를 심는 효과와 같다' 는 식이다. 물론 이러한 숫자들은 추정치이지만 온실가스 발생에 대한 막연한 추측보다는 구체적인 숫자를 제시함으로써 탄소발자국을 줄이는데 적극 동참하도록 유도하는 효과가 있다.

탄소발자국은 어떻게 계산될까? 환경부에서 발간한 『탄소중립 생활실천 안내서』의 부록에는 에너지 사용이나 자원소비에 따른 이산화탄소의 배출계수를 목록으로 알려주고 있다.[7] 매월 전기나 도시가스의 요금 고지서와 주유소나 전기 충전소의 영수증에 기록된 사용량에 해당 배출계수를 곱하면 탄소발자국을 계산할 수 있다. 한편 이런 계산 방식이 번거로우면 한국 기후·환경네트워크에서 운용하는 탄소발자국 계산기를 이용하면 편리하다.[8] 전기, 가스, 수도, 교통 부분으로 나누어 각각의 사용량을 입력하면 자동적으로 탄소발자국과 이를 흡수하기 위해 필요한 나무의 숫자를 계산해 준다. 그러나 개인의 모든 활동에서 배출되는 탄소발자국을 정확하게 계산하는 것은 사실상 불가능하다. 따라서 통계를 기반으로 개략적으로 산출하고 있다. 2021년 국가 온실가스 인벤토리보고서에 의하면 2019년 기준 우리나라 1인당 탄소발자국은 13.6톤 이다.[9] 그러나 이 숫자는 국가 전체의 배출량 7

억1백만 톤을 단순히 인구수로 나눈 것으로 여기에는 화력발전소, 철강, 시멘트, 항공, 해운 등 국가의 모든 시스템에서 배출되는 탄소량이 포함된 것으로 내가 노력해서 줄일 수 없는 부분까지도 포함되어 있다. 개인의 온실가스 배출은 대부분 자동차 운행과 가정용 전기, 도시가스 그리고 수돗물 사용인데 다행히 이 부분은 매월 정확한 사용량이 나온다. 물론 이외에도 일터나 바깥 활동에서 자신도 모르게 많은 탄소발자국을 남기겠지만 일일이 측정하는 것은 불가능하다.

1인당 얼마나 많은 탄소발자국을 남길까? 개인의 탄소발자국 중 가장 많은 부분을 차지하는 것은 역시 승용차 운행이다. 사람마다 운행거리가 다르겠지만 휘발유 승용차를 기준으로 연평균 주행거리를 10,000km로 가정하여 탄소발자국 계산기에 입력하면 온실가스 배출량이 2,414kg으로 계산된다. 전기 부분은 좀 복잡하다. 한국전력공사의 자료에 의하면 2021년 우리나라의 1인당 전력 소비량은 연간 10,330kWh이었다.[10] 그러나 이 숫자 역시 총 전력 판매량을 단순히 인구수로 나눈 것으로 여기에는 산업이나 서비스업 등에서 사용되는 전기가 모두 포함된 것이다. 따라서 가정용 전기 판매량으로 다시 계산하면 1인당 전기 사용량은 연간 1,502kWh가 되고 이는 700kg의 이산화탄소를 발생시킨다. 도시가스 사용량도 난방과 취사에 사용되는 가정용으로 계산하면 1인당 연평균 사용량이 207m3이며 이는 이산화탄소 460kg에 해당된다.[11][12] 2020년 상수도 통계에 따르면 우리나라의 1인당 1일 물 사용량은 295ℓ 인데 연간 사용량을 이산화탄소로 계산하면 약 36kg이 된다.[13]

가정에서 사용되는 자동차, 전기, 도시가스, 수돗물 사용에서 배출되는 이산화탄소량을 모두 합하면 1인당 연간 약 3,610kg(3.6톤)의 탄소발자국을 남긴다. 여기에 직장이나 바깥 활동에서 소비하는 대중교통, 여가활동, 물품의 소비 등에서 발생되는 온실가스를 모두 합하여 가정에서 소비되는 양과 같은 비율로 가정한다면 연간 약 7~8톤으로 추정되고, 이 외에 가로등 같은 공공서비스 부문의 에너지 사용까지 합해도 대략 10톤 내외가 되지 않을까 한다. 물론 이론적인 추정치이지만 단순히 인구수로 나눈 13.6톤 보다는 적다.

탄소발자국도 중독성이 있다. 자동차, 가전제품, 통신기기, 의류 등 모든 상품에서 새로운 모델을 갖고 싶다. 어쩌면 당연한 소비욕구다. 그러나 나도 모르는 사이에 신상품에 길들여지면서 멀쩡한 것을 버리고 새것을 사면서 탄소발자국은 쌓여만 간다. 몇몇 기능을 추가하거나 디자인을 살짝 바꿔서 신상품이 출시되면 1년도 안되어 이월 상품이 되면서 상품의 교체 주기도 점점 빨라지고 있다. 오래 쓰거나 고쳐 쓰는 일이 불편하고 번거로워진다. 세상에는 아무도 알아주지 않고 가시적인 효과가 나타나지도 않지만 가치 있는 일이 많다. 탄소발자국을 줄이는 일도 그렇다. 자신과의 의미 있는 약속이다.

탄소발자국 줄이기

티끌이 모이면 태산이 될까?

소득이 높아질수록 온실가스 배출량도 늘어날 수밖에 없다. 냉장고, TV, 세탁기 등 기본적인 가전제품은 점점 더 대형화되고, 예전에 없던 식기세척기, 에어프라이어, 공기청정기, 안마의자 등 편리함이나 건강을 위한 새로운 전기제품들이 쏟아져 나오고 있다. 갈수록 높아지는 고층빌딩과 아파트의 냉난방과 엘리베이터도 많은 전기발자국을 남긴다. 지역 상품보다는 생산지가 멀수록 탄소발자국을 많이 남기고 국내산보다는 수입제품이 더 많은 탄소발자국을 남긴다. 옷을 만들려면 물발자국, 염색발자국, 전기발자국 등 많은 발자국을 남기지만 장롱 안에는 몇 년째 안 입는 옷도 있다. 택배 상품이나 배달음식은 매장에서 직접 구매할 때보다 많은 탄소발자국을 남기고 플라스틱 쓰레기까지 배출한다. 그렇다고 가전제품 안 쓰고, 커피 안마시고, 택배 이용 안하고 살 수도 없다. 탄소발자국을 줄이는 것은 마치 다이어트 방법을 닮았다. 무리한 목표보다는 건강을 위해 조금 더 걷고, 조금 덜 먹고, 조금 불편해지다 보면 비용도 절감되고 기후변화에도 일조하는 탄소생활이 될 것이다.

생활습관을 바꾸면 온실가스를 얼마나 줄일 수 있을까? 환경부에서 발간한 『탄소중립 생활 실천 안내서』에는 가정, 학교, 기업에서 온실가스를 줄이기 위한 맞춤형 실천방법이 잘 소개되어 있다. 가정에서 줄일 수 있는 실천수칙은 총 41개가 소개되고 있는데 그중에서 비교적 온실가스 감축효과가 큰 내용들을 발췌해보면 아래와 같다. 각 항목별 온실가스 감축량(kg)은 1년 동안 실천했을 때 해당되는 숫자이며 구체적인 실천방법은 안내서에 잘 나와 있다.[14]

○ 난방온도 2℃ 낮추고 냉방온도 2℃ 높이기로 가구당 167kg
○ 전기밥솥 보온기능 사용 줄이기로 가구당 142kg
○ 창틀과 문틈 바람막이 설치하기로 138kg
○ 우리나라, 우리지역 식재료를 이용하면 1인당 131kg
○ 자가용대신 대중교통을 이용하면 1대당 285kg
○ 친환경운전 실천하기로 1대당 101kg
○ 재활용을 위한 분리배출 실천하기로 1인당 88kg

위에 열거한 7가지 실천수칙을 충실히 이행한다면 연간 1,052kg의 온실가스를 줄일 수 있는데 이는 한국 기후·환경 네트워크에서 실시하고 있는 '온실가스 1인 1톤 줄이기 운동'의 목표를 달성할 수 있는 양이다.[15] 실천 단계를 높일수록 감축효과는 훨씬 더 커진다. 예를 들어 수송 분야의 1단계인 대중교통 이용하기를 3단계인 전기차나 수소차로 바꾸면 감축량은 5배 이상 늘어난다.

온실가스 감축을 위한 탄소포인트제와 자동차 탄소포인트제도도 있다. 지구환경을 보호해야 한다는 막연한 사명감에만 호소하기보다는 감축량에 따른 실질적인 혜택이 주어질 때 더 큰 참여 동기를 유발할 수 있다. 온실가스를 줄여서 탄소중립에 이바지하고 에너지 절약에 따른 비용절감 효과와 별도의 인센티브까지 받을 수 있다. 탄소포인트제는 온실가스를 유발하는 전기, 상수도, 도시가스 등의 에너지 사용량을 줄이면 감축량에 따라 혜택을 주는 제도다. 연간 최대 5만원까지 지원받을 수 있으나 감축량에 한계가 있기 때문에 지속적으로 지원받기는 어려울 것 같다. 자동차 탄소포인트제는 정해진 기간 동안 주행거리 감축량에 대해 인센티브를 제공하는 제도로 연간 2~10만원까지 지원받을 수 있다. 자세한 내용은 환경부고시 「탄소포인트제 운영에 관한 규정」이나 한국환경공단에서 운영하는 탄소포인트제 홈페이지에서 확인할 수 있다.[16][17]

가끔은 의구심이 뭉실뭉실 피어오를 때가 있다. 기후위기라는 지구촌의 거창한 문제를 해결하는데 나의 탄소발자국을 좀 줄인다고 얼마나 도움이 될까? 게다가 이미 익숙해진 생활습관을 탄소중립을 내세워 바꾸는 것도 큰 스트레스다. '자가용대신 대중교통 이용하고, 불필요한 전력낭비 줄이고, 냉난방 온도 조절하고, 과소비 줄이고……등등' 눈만 뜨면 듣는 이런 구호들도 식상할 때가 있다. 개인마다 소득이 다르고 생활방식도 다른데 어디까지가 과소비인지 객관적인 기준을 정할 수도 없다. 그렇다고 마냥 무관심하게 생활하자니 환경오염 범법자가 되는 것 같아 마음이 무겁다. 결국 스스로 판단하고 실천해야 하는 환경 윤리의 문제다. 거창한 슬로건보다 작지만 구체적인 감량 숫자가 중요하고 무리한 감축보다는 쉽게 실천할 수 있는 것부터 하나씩 습관화시켜 나가는 것이 중요할 것 같다. 티끌도 전체가 모으면 태산이 될 수 있지 않을까?

탄소세와 탄소시장

탄소감축을 위해 다양한 정책이 시도되고 있다.

온실가스 배출량을 줄이려면 화석연료의 사용을 줄이거나 신재생에너지로 에너지 전환을 해야 하는데 그 목적을 달성하기 위해 가장 효율적으로 선택되는 방법이 탄소가격 제도다. 이는 온실가스 배출에 대한 사회적 책임을 탄소가격에 포함시켜 부담하는 방법으로 석탄이나 석유에 직접 탄소세를 부과하거나 배출되는 온실가스를 탄소시장에서 거래하는 배출권거래제 등이 선택된다. 이런 추세는 탄소국경조정이라는 명목으로 국제무역에도 적용될 전망이다.

• 탄소세

탄소세는 정부가 석탄이나 석유 같은 화석연료에 직접 부과하는 세금이다. 세금을 부과하여 화석연료의 과다 사용을 줄이고 신재생에너지에 대한 기술개발을 유도하기 위함이다. 탄소세는 화석연료를 사용하는 모든 곳에 일괄 적용할 수 있는 장점이 있으나 소비에 대한 예측이 어렵기 때문에 국가 온실가스 배출량을 계획적으로 관리하는 데는 한계가 있다. 또한 세율이 낮으면 탄소배출 억제 효과가 떨어지고 반대로 세율을 높이면 기업 활동을 위축시킬 수 있어 적정한 탄소세율을 결정하는 것은 매우 어려운 문제다. 예를 들어 에너지 사용량이 많은 반도체, 철강, 시멘트, 석유화학산업 등은 적정한 세율 결정을 위한 공감대 형성과 적응 기간이 필요하다. 탄소세는 1990년 핀란드에서 처음 실시되었으며 북유럽을 비롯한 여러 국가에서 실시하고 있으나 우리나라는 아직 채택하지 않고 있다.[18]

• 배출권거래제

배출권거래제는 탄소시장에서 온실가스를 거래하는 제도다. 국가가 기업별로 그동안의 활동실적에 기초하여 향후 5년간 배출할 수 있는 온실가스 총량을 할당해주고 그 이상 배출할 경우 초과된 양 만큼의 배출권을 탄소시장에서 구매해야 하며, 반대로 할당량보다 적게 배출할 경우 남은 배출권을 판매하여 수익을 올릴 수 있다. 배출권거래제는 2005년 유럽에서 시작되었으며 우리나라는 2015년부터 시행하고 있다. 법률규정은 「탄소중립기본법」 제25조에 명시되어 있으며 배출허용량의 할당방법 등 구체적인 운영사항은 「온실가스 배출권의 할당 및 거래에 관한 법률」에서 규정하고 있다.[19][20] 배출권거래제는 국가의 온실가스 감축계획에 따라 기업별로 미리 배출량을 할당함으로써 국가 배출량 목표를 계획적으로 관리할 수는 있으나 자동차의 연료나 가정용 난방 등 소량이지만 다수가 배출하는 이산화탄소에 대한 사회적 책임을 부과하는 데는 한계가 있다. 따라서 국가마다 상황에 맞는 탄소가격제도를 선택하고 있으며 상호 보완을 위해 탄소세와 배출권거래제를 병행하는 나라도 있다.

• 탄소국경조정

　국제무역에서도 탄소세가 적용될 전망이다. 유럽연합은 2030년까지 1990년 대비 탄소 배출량을 55%이상 감축한다는 'Fit for 55'를 발표하는 등 산업 전반에서 탄소배출 규제가 점점 더 강화되고 있다. 그러나 탄소비용이 증가되면서 기업들은 규제가 덜한 개발도상국으로 공장을 이전하려 할 것이고 이는 지구촌을 하나의 단위로 보면 탄소 누출이 생기는 것이다. 따라서 탄소 감축을 위해 비용부담이 발생하는 자국의 기업을 보호하기 위해 도입한 것이 탄소국경조정(CBAM)제도다. 즉 외국으로부터 수입되는 물품 중에 생산과정에 탄소 배출량이 많은 것에 대해 별도의 탄소세를 부과하겠다는 것으로 재생에너지의 인프라가 부족한 개발도상국 입장에서는 일종의 관세장벽이 될 수도 있다. EU는 2021년 법안을 발의했고 2026년부터 시행할 계획이며 미국도 동참할 예정이다.

　한편 국가의 노력과는 별도로 기업에서 자발적으로 온실가스 감축에 동참하는 RE100(Renewable Electricity 100)운동도 있다. 이는 자사의 제품 생산에 사용되는 전력을 100% 재생에너지로 쓰겠다는 캠페인으로 페이스북, 구글, BMW, GM, 스타벅스 등 300여 곳이 넘는 글로벌 기업들이 이 운동에 동참하고 있으며 우리나라도 여러 기업들이 참여하고 있다. 그러나 지리적 여건 등에 따라 태양광이나 풍력의 전기 생산 단가가 나라마다 다를 수 있는데 우리나라도 유리한 입장은 아니다. 기업 입장에서는 무언의 압박이 될 수도 있다.

　탄소라는 용어는 점점 더 다양하게 통용될 전망이다. 예를 들어 신재생에너지로 닭을 튀기면 '탄소치킨'이 될 수 있다. 탄소경제, 탄소아파트, 탄소식품, 탄소패션, 탄소문학, 탄소음악 등 모든 분야에서 탄소라는 단어가 통용될 전망이다. 탄소감축이 인류의 보편가치가 될 것이고 탄소상품을 구매하는 것이 가치소비가 될 것이다. 바야흐로 탄소시대다.

처음 가보는 험난한 길

탄소중립은 국가 시스템의 변환을 동반한다.

2022년 3월부터 시행에 들어간 「탄소중립기본법」 제8조의 시행령에는 탄소중립을 위한 중장기 감축 목표를 명문화했다. 2030년까지 국가온실가스 배출량을 2018년 대비 40%정도 감축한다는 것이다. 2018년 온실가스 총 배출량이 7억2천7백만 톤이었고 2030년까지 4억3천6백만 톤으로 줄여야하는데 이는 26년 전인 1995년의 배출량 수준이다. 단순히 산술적 계산만으로도 추가 배출 없이 12년 동안 매년 2천4백만 톤씩 감축해야 하는데 가능할지 의문이 든다. 소득이 증가할수록 통신과 가전제품, 여가활동 등에서 에너지 소비량은 점점 더 증가될 것으로 예상되는데 거꾸로 줄여나가야 한다는 것은 결코 쉬운 일이 아니다. 더군다나 해마다 감축이 거듭될수록 감축량에 대한 부담과 압박은 점점 더 커질 수밖에 없는데 목표가 과하다는 생각도 든다. 탄소 감축의 국제적인 흐름에 동참하기 위해 어쩔 수 없는 선택이었을 수도 있다. 그러나 국가와 기업은 물론 개인 생활까지도 결코 쉽지 않은 과정이 놓여있다.

감축목표를 달성하려면 어느 부문에서 탄소 배출을 줄여야할까?

2019년 기준 우리나라의 총 온실가스 배출량 중 전기나 열을 생산하는 전환, 산업, 수송부문이 전체의 80%이상을 차지한다. 반면 산림 등에서 흡수되는 온실가스 양은 총 배출량의 6% 내외이며 인위적으로 더 늘리기도 어렵다. 따라서 법률에서 정한 감축목표를 달성하려면 전환, 산업, 수송부문의 감축이 필요한데 녹록치 않다. 우선 전환부문부터 살펴보자. 2021년 기준 우리나라의 에너지원별 발전량은 석탄 35%, 천연가스 29%, 원자력이 27% 그리고 수력발전과 태양광, 풍력 등을 포함한 재생에너지가 약 8% 정도였다.[21] 2018년 이후 석탄 발전량은 감소 추세이며 천연가스와 재생에너지는 조금씩 증가하고 있다. 탄소 배출량을 감축하기 위한 2017년의 에너지 전환 로드맵을 보면 석탄 화력발전소는 단계적으로 폐쇄하고 원전은 축소하며 신재생에너지는 2030년까지 20%로 확대한다는 계획이었다.[22] 그러나 석탄 발전의 폐쇄와 원전 축소로 인해 부족해진 전력을 천연가스와 재생에너지만으로 충당하기 어렵고 전기요금도 오를 수밖에 없다. 게다가 태양광이나 풍력은 날씨에 따라 전력 생산의 변동이 크므로 이에 대한 대비도 해야 한다. 이러한 점을 감안하여 2022년 안정적인 전력공급과 탄소중립의 현실성을 감안하여 그동안의 탈원전 정책을 철회하였다. 탄소 감축의 메커니즘에 원전이 추가되면서 다소 숨통이 트일 전망이다.

산업부문의 탄소 감축도 쉽지 않다. 온실가스 배출이 많은 철강, 석유화학, 시멘트 산업의 경우 석탄이나 석유가 연료가 아닌 원료로 사용될 경우가 많아 온실가스 감축에 한계가 있다. 탄소포집기술을 적용한다지만 경제성과 실효성에서 아직은 해결해야 할 과제가 많다. 수송

부문은 전기차와 수소차의 보급이 확대되면서 온실가스 배출량을 상당히 줄일 수 있다. 그러나 궁극적으로는 배터리에 충전되는 전기나 연료전지에 주입하는 수소도 재생에너지를 사용해야하는데 아직은 부족하다. 탄소 감축에 대한 사회적 요구가 커지면서 기업은 상품의 품질 외에 온실가스 배출량이 중요한 평가요소가 되고 판매 경쟁력으로 이어질 것이다. 생산과정에 사용되는 전기를 100% 재생에너지로 충당하겠다는 국제적인 RE100운동도 더욱 확대될 것이다. EU나 미국 등에서 실시 예정인 탄소국경조정제도에 대한 대비도 해야 한다.

개인 생활도 변화가 예상된다. 지금까지 익숙하고 편리하고 저비용이었던 생활에서 낯설고 불편한 생활로 바뀔 수 있다. 전기 요금이 오를 수 있고 에너지효율 등급이 높은 제품을 구매해야 하는 등 기후변화 비용이 추가로 발생될 수 있다. 특히 취약계층일수록 탄소 감축 정책으로 체감되는 피해는 더 클 수밖에 없다. 「탄소중립기본법」 제2조에서 강조하고 있는 기후정의와 정의로운 전환을 위해 정부, 기업, 국민 모두가 함께 노력해야 할 것이다. 어쩌면 처음 가보는 탄소중립의 길이 코로나19 시대보다 더 긴 인내가 필요할지도 모른다.

이모티콘

　요지경 속에 빠져 산다.

　손바닥만 한 휴대폰 속에 온갖 세상만사가 돌고 돈다. 시사는 물론이고 레저, 요리, 주식 등 갖가지 정보가 범람하고 수시로 업데이트 된다. 조그만 플라스틱 상자로 음악을 듣고 낯선 곳의 길 안내나 금융거래를 할 수도 있으며 세계 곳곳의 사람들과 화상 대화를 나누기도 한다. 전화기능 외에도 컴퓨터, 시계, 카메라, 계산기, 내비게이션, 녹음기, 번역기, 손전등, 나침판 등 수많은 장비가 들어있음에도 주머니 속에 쏙 들어갈 만큼 간편하다. 불과 반세기 전만해도 상상도 못했던 최첨단 도깨비 방망이다. 더 신기한 것은 온라인으로 소통하는 SNS 기능인데 페이스북, 트위터, 카카오톡 등 그 종류도 다양하고 소통 수단도 사진, 동영상 등 종합예술 수준이다. 물론 기본은 문자다.

　바야흐로 문자의 전성시대다. 휴대폰을 하루만 꺼 놨다 켜보면 길게 목을 뺀 문자나 사진들이 밤새 내린 눈만큼이나 수북이 쌓여있고 일주일이면 웬만한 책 한권 분량쯤 된다. 특히 단체 대화방을 일컫는 소위 ‘단톡방’은 문자로 엿보는 감정의 백화점이고 세상인심의 축소판이다. 유머와 풍자가 있는가 하면 사랑과 다툼도 있고, 아름다운 시가 있는가 하면 무릎을 탁치는 예리한 평설이나 번뜩이는 철학엔 화들짝 놀라기도 한다. 문자의 활갯짓에 기운이 솟기도 하지만 확증 편향이나 갑론을박으로 상처를 주고받기도 한다. 대화방의 내용들을 산술 평균 해보면 대략 "나를 좀 봐주세요!"로 수렴한다. 인간은 혼자 살 수 없는 사회적 동물이기 때문일 것이다. 세치 혀가 입맛에 중독되어 방탕해지는 동안 젓가락질을 하던 손가락이 현란한 춤사위로 문자혁명을 일으켰다. 단톡방은 요지경 속의 또 다른 요지경이고 각인각색으로 창작되는 카카오 문학이다.

문자도 생물처럼 진화한다. 글은 말보다 감정에 덜 휘둘릴 수 있고 문장을 완성하는 동안 생각할 수 있는 시간적 여유를 가질 수도 있다. 반면, 말보다 시공간의 한계성이 큰 문자는 함축에 대한 욕구를 떨쳐버릴 수 없다. 예를 들어 긴 문장의 머리글자를 축약한 유행어나 'ㅎㅎ' 'ㅋㅋ' 같이 초성만으로 감정을 표현하는 경우가 그렇다. 문자의 이런 진화현상 중 괄목할만한 것이 이모티콘이다. 감정(Emotion)과 상징기호(Icon)의 합성어인 이모티콘은 마치 살아있는 생물처럼 실감나게 감정을 전달해준다. 맞춤법이나 띄어쓰기도 필요 없고 어떤 문장을 쓸까 고민할 필요도 없으며 반복 사용해도 문자보다 덜 식상하다. 특히 충동, 분노 등의 격한 감정을 앙증맞은 이모티콘으로 대신함으로써 흥분을 잠시 순화시켜 실수를 줄일 수도 있다. 처음에는 자판기의 기호를 사용하여 혼란(@_@), 기쁨(^_^), 놀람(*_*) 등으로 간단히 표현하던 것이 다양한 캐릭터와 기상천외한 형태로 계속 진화하고 있다. 이모티콘은 기호에 표정과 몸짓을 디자인하고 거기에 움직임을 가미한 공감각의 문자이며 상형과 표의와 표음문자를 융합한 감정문자다. 가치는 늘 재창조된다. 언젠가는 감성 알고리즘으로 설계된 이모티콘을 이용하여 문학작품을 쓸 수도 있을 것이다.

과유불급은 세상의 이치다. SNS로 관계망이 사통팔달로 연결되고 많은 시간을 요지경 속에 빠져 살면서 부작용도 만만찮다. 개인마다 단톡방이 몇 개씩 있다 보니 같은 내용의 사진이나 동영상을 이곳저곳에서 반복하여 볼 때도 있고 원하지 않는 정보에 무한정 노출되기도 한다. 부정확한 정보가 홍수처럼 넘쳐나면서 전염병처럼 번진다는 인포데믹 현상을 초래하기도 하고, 요지경 중독을 치료하는 디지털 디톡스라는 별난 처방이 나오기도 한다. 게다가 탄소중립 시대엔 디지털 탄소발자국까지 계산한다. 휴대폰의 배터리를 충전하고 네트워크의 서버를 이용하면서 전기를 소모하기 때문이다. 기후변화와 관련지으면 원시시대로 돌아가야 할 만큼 피곤할 때도 있다. 그러나 꼭 탄소발자국이 아니더라도 요지경 문화에 어느 정도 다이어트가 필요한 부분이 있다.

제**4**부

플라스틱
너는 누구냐

플라스틱 왕국

플라스틱의 첫인상 나일론

플라스틱의 정체를 밝혀라

플라스틱의 성격과 MBTI

천의 얼굴을 가진 플라스틱

플라스틱의 변명 · 1

플라스틱의 변명 · 2

플라스틱 왕국

북태평양 어디쯤에는 아주 특별한 섬이 있다.

야자수와 모래해변이 있고 인어가 사는 아름다운 전설의 섬은 아니다. 크기가 한반도의 몇 배에 해당하지만 정작 위성사진에는 포착되지 않는 도깨비 섬이다. 1997년 8월 미국의 찰스 무어 선장이 하와이를 출발해 캘리포니아로 항해하던 중 우연히 발견한 이 섬은 세상에 알려지자마자 지구인들을 충격에 빠뜨렸다. 해저 바닥에 뿌리를 박은 일반 섬과는 달리 수면 위에 둥둥 떠 있는 부표 같은 섬이었기 때문이다. 인간들이 버린 플라스틱 쓰레기가 태평양을 떠다니다 해류가 정체되는 환류의 사각지대로 모이면서 거대한 플라스틱 섬이 탄생한 것이다. 무어 선장은 그의 저서 『Plastic Ocean』에서 이 섬을 '묽은 플라스틱 수프'라고 표현했다.[1] 작은 플라스틱 조각들이 바닷물과 섞여 수프처럼 존재했기 때문이다. 오래전에 버려진 플라스틱 쓰레기들이 몸을 숨기고 세력을 키워 인간을 역습하려는 음모를 꾸미고 있는 것은 아닐까?

인류의 일상은 이제 플라스틱이 지배한다. 아침에 눈을 뜨면 제일 먼저 플라스틱 요술 상자인 휴대폰에 손이 닿고 시간과 날씨를 확인한 다음 화장실로 가면 각종 플라스틱 제품들이 즐비하다. 바닥은 플라스틱 장판에 컴퓨터, 에어컨, 소파 등 집안 곳곳에 플라스틱과 조합을 이루지 않은 제품이 거의 없다. 냉장고를 열면 플라스틱 반찬통이 가득하고 냉동실의 음식 재료들은 지퍼백이나 비닐봉지에 꽁꽁 싸여있다. 플라스틱 전기밥솥과 주방용품으로 조리하여 플라스틱 의자에 앉아 플라스틱 TV를 보며 식사를 한다. 출근을 할 때면 플라스틱으로 치장된 자동차를 타고 아스콘으로 포장된 도로를 달려 사무실에 도착하면 다시 플라스틱 의자에 앉아 플라스틱 마우스와 자판기를 두드리며 하루를 보낸다. 코로나19가 창궐할 땐 하루 종일 플라스틱 소재가 들어간 마스크를 쓰고 플라스틱 용기에 담긴 배달음식을 시켜 플라스틱 신용카드로 계산을 한 다음 1회용 플라스틱 수저로 식사를 했다. 퇴근하여 집에 돌아오면 다시 플라스틱으로 치장된 주방과 거실과 화장실을 다녀와 플라스틱으로 피복된 전선으로 휴대폰을 충전시키며 잠이 든다.

플라스틱은 이제 인간의 몸속까지 점령하기 시작했다. 아름다운 몸을 갖고 싶은 인간의 욕망을 위해 각종 성형 제품에 플라스틱이 이용되고 질병이나 사고로 망가진 몸의 일부를 플라스틱 장기나 플라스틱 관절로 대체하여 삶의 질을 향상시키기도 한다. 이런 추세라면 머지않은 장래에 인체의 모든 장기가 플라스틱으로 채워진 플라스틱 AI인간이 탄생할지도 모르겠다. 태어나면서부터 플라스틱 젖병을 물고 플라스틱 장난감, 휴대폰, 컴퓨터와 함께 성장하여 일생동안 온갖 플라스틱 제품 속에서 먹고, 마시고, 이동하며 살다가 플라스틱으로 만든 산소 호흡기에 의지해 생을 마감한다. 일회용 빨대부터 항공기 부품까지 그리고 요람에서 무덤까지 이제 플라스틱 없는 세상은 상상하기 힘들 만큼 지구촌은 플라스틱 왕국이 되었고 지구인은 그 왕국의 신민이 되어가고 있다.

인류는 왜 그토록 플라스틱을 좋아할까? 무엇이든 원하는 대로 만들어주는 플라스틱의 성질이 인간의 욕망을 닮았기 때문인지도 모른다. 석유의 부산물로 만들어지는 플라스틱은 20세기 최고의 발명품 중 하나다. 다재다능한 플라스틱에 인류는 환호했고 태어난 지 100년도 안 되어 수천 년을 이어온 지구촌의 물질 소재들을 점령해가고 있다. 그러나 세상에는 공짜가 없다. 질기고 썩지 않아 좋아했던 그 장점들이 쓰레기로 버려지면서 오히려 단점이 되어 많은 지구생명들을 위협하고 있다. 땅속에 묻혀서도 수백 년 동안 썩지 못하고 지상이나 바다에서 몸뚱어리가 산산이 으스러져도 쉽게 분해되지 못하는 불행한 운명을 타고났다. 수명이 너무 길어 고통스런 플라스틱은 자신을 창조한 인간이 원망스러워 바다로 흘러들어 서서히 역습을 꾸미고 있는지도 모른다. 현재의 인류가 모두 사라진 다음에도 그 욕망의 찌꺼기들은 지구촌 곳곳에 살아남아 대대손손 인간의 이기심에 경종을 울릴 것이다.

다른 생명의 입장에 보면 지구촌에서 가장 불필요하고 해로운 동물이 인간일 수 있다. 그러나 신과 같은 존재인 인간에게 그 어떤 생명도 감히 "그만 멈춰요!"라고 말할 수 없기에 오만해진 인간들은 스스로 멸망의 길을 자초하고 있다. 기후변화가 그렇고 플라스틱의 반격 또한 심상치 않다. 지구 환경 문제의 이면에는 언제나 인간의 욕망이 도사리고 있기 때문에 해결이 쉽지 않다. 욕망을 위해서는 해저에 터널을 뚫고 인공위성을 타고 달나라에 착륙하는 인간들이지만 그 욕망을 절제하는 데는 가벼운 비닐봉지 하나에도 불편함을 느낀다. 나도 그렇다. 당신은 어떤가요?

플라스틱의 첫인상 나일론

혹시 나이롱을 아시나요?

1960년대 시골에서 요긴하게 쓰였던 생활용품 중 하나가 바가지였다. 물도 떠먹고, 밥도 비벼먹고, 푸성귀도 담고, 곡식의 양을 측정하는 도량 용기로도 사용되었다. 초가지붕 위에 둥그렇게 열린 박을 타서 속을 긁어내고 그 껍질을 솥에 찌고 말려서 바가지를 만들어 썼는데 툭하면 깨지기 일쑤였다. 그런데 어느 날부턴가 형형색색의 예쁜 인조 바가지가 등장하면서 내동댕이쳐도 쉽게 깨지지 않을 만큼 질기고 가벼웠기에 집집마다 필수품이 되었는데 그것을 '나이롱' 바가지라 불렀다. 물론 그 소재는 나일론이 아니었지만 그 당시는 나일론 스타킹이 워낙 유명했기에 통상 '나이롱'으로 불렸다. 나일론의 쭉쭉 늘어나는 신축성은 갖가지 유행어를 낳기도 했는데 가짜가 진짜를 흉내 낼 때 나이롱 환자, 나이롱 신자, 나이롱 박수 등으로 풍자했고 고생은 안하고 운 좋게 거저먹는 것을 '나이롱 뽕'이라 할 만큼 다양한 나이롱 언어가 탄생했다. 그땐 나일론이 플라스틱의 일종인지도 몰랐다.

플라스틱은 언제 어떻게 탄생되었을까? 새로운 물질을 찾아내는 발명 과정은 어느 한사람의 천재적인 능력보다는 돌탑 위에 돌을 하나씩 엊듯 많은 사람들의 선행된 연구와 시행착오의 토대위에 이루어지는 경우가 많다. 플라스틱 역시 그런 과정을 거쳤기에 누가 언제 어떻게 발명했는지 똑 부러지게 말하기는 어렵다. 지금과 같은 플라스틱이 탄생되기까지는 여러 과학자나 발명가들에 의해 다양한 시도가 있었고 그 과정에서 플라스틱의 전 단계 물질이 순차적으로 발명되고 발전을 거듭하면서 지금과 같은 다재다능한 플라스틱이 탄생하게 되었다. 다만 그 과정에서 좀 더 박차를 가할 수 있었던 특별한 동기부여가 있었는데 그것이 의외로 당구공이었다.

19세기 유럽이나 미국에서는 당구가 유행했었다. 부유층에서 사용했던 당구공의 재료는 코끼리 상아였는데 값이 너무 비쌌기 때문에 제조회사에서는 늘 인조 당구공에 대한 열망이 컸다. 1860년대 미국의 한 당구장비 회사에서 1만 달러라는 당시로는 거금의 포상금을 걸고 인조 당구공을 공모하기에 이르렀다. 몇몇 발명가들이 플라스틱에 버금가는 셀룰로이드라는 물질을 만들어 당구공에 적용했지만 지금의 플라스틱과는 비교가 안될 만큼 질이 떨어진 것이었다. 그 때문인지 포상금을 누가 받았는지에 대해서도 따로 전해지는 바가 없다.

이후 1900년대 초 벨기에 출신의 리오 베이클랜드라는 사람이 석탄산(페놀)과 포르말린을 반응시켜 베이클라이트라는 페놀수지를 만들어 공업화하였는데 이것을 실질적인 플라스틱의 시초로 본다.[2][3] 전기사업을 하던 그는 플라스틱의 절연성을 이용해 많은 돈을 벌었으며 다양한 플라스틱 제품을 선보이면서 본격적인 플라스틱 시대를 예고했다. 플라스틱이란 용어도 이때쯤 생겨난 것으로 추정된다. 만약 플라스틱의 발명이 없었더라면 상아를 가진 코끼리는 지구상에서 벌써 멸종했을지도 모른다.

　플라스틱의 대중적인 첫 인상은 나일론이었다. 1934년 미국의 윌리엄 흄 캐러더스라는 사람이 석탄과 공기와 물로부터 처음 뽑아낸 신물질이었다.[4] 나일론을 공업화하여 제품을 생산한 것은 미국의 듀폰사였는데 '강철보다 강하고 비단보다 아름다우며 거미줄보다 가는 섬유'로 광고하면서 큰 호응을 얻었다. 첫 상품은 칫솔이었다고 하는데 1940년 나일론 스타킹이 출시되면서 여인들로부터 선풍적인 인기를 끌었다. 이후 석유를 정제하기 시작하면서 플라스틱은 운명적인 신천지를 만난다. 폴리에틸렌, 폴리스티렌, 폴리프로필렌, PET 등 다양한 플라스틱 재료들이 등장하게 되면서 1950년대 이후 그 수요가 급증하였고 기존의 물질세계를 점령하는 노다지로 자리 잡으면서 오늘에 이르렀다.

　플라스틱의 발명은 행운일까? 흙을 빗거나 돌을 갈아 도구를 만들어 쓰던 인류가 청동기, 철기시대를 지나 플라스틱 시대에 살고 있다. 이제 플라스틱 없는 세상은 상상할 수 없을 만큼 지구촌은 플라스틱 세상이 되었고 생활사는 플라스틱 이전과 이후로 나뉜다. 그러나 이전의 천연 재료들과는 달리 인공으로 합성한 플라스틱은 많은 부작용을 초래하고 있다. 처음 창조했을 때의 질기고 썩지 않아 좋아했던 장점이 똑 같은 이유로 단점이 되면서 플라스틱의 아이러니를 경험하고 있다. 플라스틱 이전 사회로 돌아가기엔 너무 멀리 와있고 이대로 지속하기엔 쓰레기 문제가 심각하여 플라스틱의 딜레마에 빠져있다. 만약 플라스틱의 발명이 없었다면 인류는 지금쯤 어떤 재료를 사용하고 있을까? 플라스틱이 행운일지 불행일지는 지금부터 어떻게 사용하는 가에 달려있고 그 방법은 누구나 잘 알고 있다. 그래서 희망이 있다.

플라스틱의 정체를 밝혀라

지구에서 가장 난해한 물질 플라스틱!

플라스틱(plastic)의 어원은 '형틀로 만들어진 것' 이란 뜻이 담긴 고대 그리시아어 플라스티코스($\pi\lambda\alpha\sigma\tau\iota\kappa o\sigma$, plastikos)에서 유래되었다고 한다.[5] 지금은 플라스틱하면 다른 설명이 필요 없을 만큼 지구인의 머릿속에 공통적으로 떠오르는 이미지가 있지만 고대에는 진흙 반죽처럼 힘을 가하여 다양한 형태의 무언가를 만들 수 있었던 성질을 플라스티코스라 했던 것으로 추측된다. 인류는 원시시대부터 생활용품이나 사냥도구를 만드는 재료에 늘 고민이 많았고 흙으로 시작해서 돌, 청동, 철 등의 재료로 발전해 왔다. 토기를 빚고, 종이를 만들고 유리나 금속 등의 다양한 재료를 이용하면서도 늘 더 뛰어난 재료에 대한 열망이 있었을 것이다. 마침내 20세기에 와서 다양한 기능을 골고루 갖춘 완벽에 가까운 소재를 발명해냈는데 그것이 바로 플라스틱이다.

플라스틱은 어떤 성분일까? 국어사전에는 플라스틱을 '열이나 압력으로 소성변형을 시켜 성형할 수 있는 고분자화합물을 통틀어 이르는 말' 또는 '합성수지를 이른다.' 로 정의되어 있다. 여기서 말하는 수지(樹脂)는 나무기름이다. 소나무나 잣나무의 가지를 자르든가 껍질을 벗기면 끈적끈적한 진액이 나오는데 소나무의 경우 이를 송진(松津) 또는 송지(松脂)라 부른다. 일종의 소나무 기름인 셈인데 공기 중에 놔 두면 피톤치드 같은 휘발성분이 날아가면서 단단하게 굳지만 열을 가하면 다시 부드러워지고 쉽게 불이 붙는다. 옻나무에서 추출되는 진액도 일종의 수지다. 이처럼 자연에 존재하는 것을 천연수지라 하고 인공적으로 만든 것을 합성수지라 부른다. 합성수지는 화학적으로 수천~수만 개의 유기분자들을 인공적으로 결합시킨 고분자화합물이다. 따라서 태생적으로 자연에서 쉽게 분해되기 어려운 구조다.

플라스틱의 원료는 어떻게 만들어질까? 석유를 증류탑에서 가열하면 온도에 따라 맨 위층에는 LPG라는 액화 석유가스가 분리되고 그 다음에 휘발유, 나프타, 등유, 경유, 중유 순으로 층별로 분리되며 맨 밑에는 아스팔트라는 찌꺼기가 남는다. 플라스틱은 세 번째로 분리되는 나프타(일명 납사)로부터 에틸렌, 프로필렌 등을 뽑아내는데 이런 기초 분자들을 단위체란 뜻의 모노머(monomer)라 부른다. 모노머를 다시 결합시켜 분자량이 큰 중합체를 만들면 폴리머(polymer)가 된다. 예를 들면 에틸렌, 프로필렌, 스티렌 등이 중합과정을 거치면서 많다는 뜻의 접두어 폴리(Poly)를 붙여 폴리에틸렌(Poly Ethylene), 폴리프로필렌(Poly Propylene), 폴리스티렌(Poly Styrene) 등이 된다. 약자로는 PE, PP, PS 등으로 표기하는데 이것이 바로 다양한 플라스틱 제품의 원료가 된다. 플라스틱 포장지나 용기에 모두 이런 약자로 표기되어 있고 세계 공통 기호이므로 다소 복잡하더라도 분리배출을 하려면 익숙해지는 수밖에 없다.

한편 플라스틱 제품을 만들 때는 반드시 도우미격인 첨가제가 사용된다. 부드러운 질감이나 색깔, 광택, 유연성, 견고함, 내구성, 자외선 차단이나 산화방지 등을 위해 가소제, 안정제, 산화억제제, 자외선흡수제, 정전기방지제, 난연제, 윤활제, 방부제 등 수십 종류가 쓰인다.[6][7] 지금과 같이 화려하고 다양한 플라스틱 제품이 탄생하는 데는 첨가제의 역할이 컸다. 그러나 첨가제로 인해 플라스틱의 재활용 과정에 문제가 발생되고 환경호르몬 같은 유해물질이 검출되는 원인이 되기도 한다.

플라스틱의 수명은 얼마나 될까? 플라스틱의 정체를 종합해보면 석유에서 뽑아낸 합성수지이고 분자구조는 수천에서 수만 개가 실타래처럼 얽히고설킨 고분자화합물이며 용도에 따라 다양한 첨가제가 들어간 복잡한 난분해성 물질이다. 물질이 썩는다는 것은 화합물 형태로 연결된 분자들의 고리가 끊어져 물이나 이산화탄소 등으로 바뀌는 것인데 고분자화합물인 플라스틱은 그 과정이 힘들고 어려워 자연분해되는데 몇 백 년쯤 걸린다. 플라스틱이 본격적으로 대중화된 것이 불과 80여년 밖에 안 되었으니 지금의 인류가 다 사라진 다음에도 플라스틱 쓰레기는 말똥말똥 살아있을 것이다. 인간의 필요에 의해 그렇게 만들어진 것이니 플라스틱을 탓할 수도 없다. 플라스틱의 원료인 석유도 비싼 자원이고 언젠가는 고갈될 수 있으니 지속가능하려면 수명이 긴 플라스틱을 역으로 재활용하여 오래 쓰는 길밖엔 없을 것 같다.

플라스틱의 성격과 MBTI

인간을 닮은 플라스틱!

만물은 저마다의 성품이 있다. 사람도 강철같이 강한 성격이 있는가 하면 솜털같이 폭신한 성격도 있고, 잘 어울리는 외향적 성격이 있는가 하면 속내를 드러내지 않는 내성적인 성격도 있다. 착한 성격도 상황에 따라서는 화도 내고 다투거나 헤어지기도 하고, 고약한 성격일지라도 경우에 따라서는 다정하고 배려하거나 친절할 수 있다. 사람에게 성격이 있다면 사물에는 물성이 있다. 생명이 없는 물질도 저마다 타고난 고유의 성질이 있고 주변 환경과 시간에 따라 마모되고 분해되면서 변해간다. 플라스틱은 어떤 성질을 가졌을까?

플라스틱의 매력적인 성질부터 살펴보자. 우선 겸손하여 다루기 쉽다. 플라스틱이란 용어 자체가 '성형하기 쉽다'는 뜻으로 다른 소재에 비해 고분고분하여 가공하기 편리하다. 여유로움도 넘친다. 웬만한 충격에도 잘 견디고, 강하면서도 부러지지 않으며 신축성도 뛰어나다. 표리부동하지 않다. 나무나 금속류와 달리 플라스틱은 겉과 속을 모두 아름답게 염색할 수 있고 물에 젖거나 오랜 시간이 지나도 색깔이 쉽게 변하지 않는다. 은근과 끈기도 있다. 가볍고 질기면서 습한 곳에 방치해도 녹슬거나 썩지 않고 끈질기게 버틴다. 절제력도 대단하다. 전기가 통하지 않는 절연체이기 때문에 전선의 피복은 물론 각종 가전제품의 부품으로도 쓰인다. 계몽정신도 투철하다. 다른 재질에 비해 단위무게 당 가격이 저렴하여 지구촌 곳곳에서 널리 평등하게 사용되면서 빈부격차를 해소하고 물질의 민주화를 이루는데도 크게 공헌하였다.

한편 플라스틱은 고약한 성깔도 있다. 일단 몸뚱어리에 대한 집착이 강하다. 천연물질은 쓰임새가 다하여 땅속에 묻히면 몇 개월에서 길어야 몇 년 정도면 자연으로 돌아가는데 인간이 만든 플라스틱은 별나게도 몇 백 년이나 걸린다. 외상 후 스트레스 장애도 있다. 제조 공정에서 열과 압력을 가하고 독성이 강한 화학 촉매제를 첨가하면서 심한 스트레스를 받았고 그 트라우마로 뜨거운 곳에 노출되면 환경호르몬을 분비하기도 한다. 또한 불에 태우면 검은 그을음과 함께 역한 냄새를 풍기며 발암물질을 내뿜기도 한다. 결벽증도 심하다. 다른 물질과 화학적으로 섞이는 것을 몹시 싫어하고 비슷해 보이는 플라스틱끼리도 녹는 온도가 달라 철저하게 분리수거하지 않으면 재활용도 어렵다.

인간이 창조한 플라스틱의 MBTI는 어떤 유형일까? 강하면서도 부드럽고, 다양한 상품과 잘 어울려 외향적이고, 썩지 않는 똥고집이 있지만 불을 만나면 쉽게 녹아버려 감정기복도 심하다. 포장지가 되어 자신을 희생하지만 일단 버려지면 책임을 회피하고 생태계를 괴롭힌다. 외모를 가꾸거나 치장하기를 좋아하여 화려하면서도 서민과 잘 어울려 대중적인 인기가 높다. 이렇게 다중적인 플라스틱으로 MBTI검사

를 해보면 이런 결과가 나온다. 널리 쓰이는 외향성(E)을 지녔고, 이상
보다는 현실적인 감각(S)이 있으며, 원리 원칙보다는 관계를 중요시 하
는 감정(F)형이고, 치밀하고 계획적이기보다는 여유롭고 융통성 있는
인식(P)을 갖고 있다. 종합하면 ESFP라는 유형이 나온다. 맞는 성질일
까? 어쩌면 검사하는 사람의 플라스틱에 대한 호불호에 따라 매번 다
른 유형이 나올지도 모르겠다. 사실 사람의 성격도 MBTI로 완벽하게
평가할 수는 없다.

이상적인 성격이란 게 있을까? 아마도 내 맘에 쏙 드는 성격일 텐
데 그런 경우는 존재할 수 없을 것 같다. 마음은 수시로 변하고 욕망
은 끝이 없기 때문이다. 타고난 성격대로 사는 사람도 있겠지만 때로
는 관계를 맺는 사람과 주변 환경에 맞추면서 변할 수 있고, 날카롭고
모났던 성격도 세월이 가면서 둥글고 부드럽게 바뀔 수 있다. 인간이
창조한 플라스틱은 인간의 욕망을 그대로 빼닮았다. 욕망에는 그늘이
있듯 플라스틱도 지구촌의 골칫거리로 전락했지만 어떻게 다루는가에
따라 전화위복이 될 수도 있다. 좋은 성격은 잘 다듬어 널리 사용하고,
소용이 다했을 땐 최대한 부활시켜주어야 한다. 플라스틱의 창조부터
사후까지 모든 문제에 인간의 원인 행위가 있기에 결자해지도 인간의
몫이다.

천의 얼굴을 가진 플라스틱

변신의 귀재 플라스틱!

플라스틱 제품은 몇 종류나 될까? 언뜻 떠오르는 답변은 '음식의 종류만큼 많다'이다. 같은 식재료도 굽고, 볶고, 튀기고, 삶는 등 조리 방법에 따라 맛이 다르고, 같은 조리법을 썼더라도 소금, 간장, 후추, 마늘, 고춧가루 등 어떤 양념을 얼마만큼 첨가하는가에 따라 전혀 다른 맛이 창출된다. 플라스틱 제품도 그렇다. 석유에서 정제된 나프타는 그 안에 석류 알보다 많은 다양한 물질들을 품고 있는데 가열하여 정제하면 다양한 원료물질이 나온다. 이런 기본 재료들을 비슷한 성분끼리 모아서 가열, 압축, 중합하고 양념겪인 각종 촉매제를 첨가하는 공정을 거치면 천태만상의 플라스틱 제품이 탄생된다.

플라스틱 제품의 원료에는 특별한 6형제가 있다. 일상에서 가장 흔하고 쉽게 만나는 PE, PP, PS, PET, PVC다. 그중에서도 플라스틱의 왕이라 할 수 있는 PE는 다시 HDPE(고밀도폴리에틸렌)와 LDPE(저밀도폴리에틸렌으로)로 나뉘어 6형제가 된다. 플라스틱 재료를 용도별로 보면 HDPE는 주로 단단한 용기나 컨테이너, 파이프 등의 재질이나 1회용 쇼핑백으로 쓰이고, LDPE는 유연성이 좋고 방수성과 투명성이 뛰어나 전선 피복이나 각종 포장용 비닐이나 랩 등에 사용된다. PP는 내열성이 강해 환경호르몬에 비교적 안전하다고 알려져 있어 따뜻한 음식을 담는 배달 용기나 주방용품, 조리 도구 등에 많이 쓰이며 주사기 등의 의료 용기와 자동차 부품 등에도 두루 쓰인다. 코로나를 겪으면서 일상이 된 마스크의 재질에도 PP성분이 일부 포함되어 있다. PS는 각종 스티로폼, 요쿠르트병, 1회용 숟가락 등에 사용되는 재질이다.[8][9]

플라스틱의 상징 같은 제품이 PET병이다. 미국의 듀폰사에서 탄산음료의 압력을 견딜 수 있는 플라스틱 병을 연구하다 처음 만들었다고 하는데 투명하고 가볍고 잘 깨지지 않아 유리병을 대신해왔고 생수병으로 가장 많이 사용되고 있다. 재활용률도 가장 높으며 페트병의 재생 원료나 재생 솜 등으로 이용된다. 한편 PVC는 공업용 제품에 많이 쓰이는데 독성이 강한 발암물질을 함유하고 있어 유아용품 제조에는 사용을 금지하고 있다. 가방, 실내화, 업소용 랩, 카드, 핸드폰 케이스, 벽지, 인조가죽, 호스 등에 사용되는데 대부분 재활용이 어렵다.[10] 플라스틱 제품은 용도에 따라 두 가지 이상의 재료가 조합되는 경우도 많다. 철이나 알루미늄 등의 금속에 플라스틱 재료가 접합되어 손잡이나 부속 용품으로 사용되기도 하고 용기와 뚜껑의 재질도 대부분 다르다. 혼성 제품의 경우도 분리배출과 재활용에 장애가 된다.

플라스틱은 마법의 재료다. 종이처럼 얇게 펼 수도 있고 솜처럼 보드랍고 가늘게 만들 수도 있다. 두께가 0.25mm 이하의 얇은 종이 형태를 필름형 플라스틱이라 하는데 흔히 플라스틱 백 또는 비닐봉지라 부른다. 이보다 약간 두꺼운 얇은 판 모양을 플라스틱 시트라 한다.[11] 이들은 주로 포장재로 쓰이는데 과자 봉지의 경우 내용물이 부서지지 않도록 질소를 충전하든가 시트 형태의 박스에 비스킷을 담은 후 필름 형태의 플라스틱으로 다시 재포장한다. 완충제로 사용되는 일명 뽁뽁이도 비닐 속에 공기 방울을 넣은 필름형 플라스틱이다. 가벼우면서도 단열성, 완충성, 내수성이 좋은 스티로폼도 플라스틱의 일종인데 가전제품이나 주문 상품의 포장재로 많이 쓰인다. 착각하기 쉬운 플라스틱도 많다. 나일론, 폴리에스테르, 레이온 등의 상표로 알려진 합성섬유도 플라스틱의 일종이며 의류, 스펀지, 담배 필터, 티백 등에 이용된다. 기존의 아이스 팩이나 식당에서 손 닦을 때 나오는 물티슈에도 플라스틱 성분이 일부 들어있다.

플라스틱 제품은 얼마나 더 늘어날까? 아마도 '욕망의 크기만큼' 일 것이다. 플라스틱 이전 시대와 비교해보면 헤아릴 수 없이 많은 제품들이 쏟아져 나왔지만 좀 더 새롭고, 좀 더 화려하고, 좀 더 편리한 제품에 대한 욕망은 끝이 없다. 절제하지 않는 다면 지구촌은 점점 플라스틱 행성이 되어갈 것이고 곳곳에 플라스틱 쓰레기가 아비규환으로 나뒹굴 것이다. 지구촌에 존재하는 물질 중에 가장 다양하고 가장 많은 이름을 가진 것이 플라스틱이다. 그 변신의 끝이 어디일지 가늠조차 어렵다.

플라스틱의 변명 · 1

나는 부활하고 싶습니다.

내 나이 올해로 80세쯤 됩니다. 인간의 기준으로 보면 많은 나이 같지만 나의 수명을 300년으로 가정하면 인간의 수명 100년과 비교할 때 27세 정도의 혈기왕성한 청년입니다. 할 일도 많고 에너지가 넘쳐서 좌충우돌할 때도 있지만 꿋꿋이 나의 길을 가고 있습니다. 사람들은 나의 수명이 너무 길다고 이러쿵저러쿵 말들이 많은데 사실 나도 수명을 정확히 모릅니다. 태어나서 아직 수명대로 살아본 경험이 없으니까요. 그동안 생색도 내고 자랑도하며 잘 지내왔는데 점점 사는 게 힘듭니다. 내 의지로 세상에 나온 것도 아니고 내 맘대로 사라질 수도 없는데 나만 보면 태어나지 말았거나 지구촌에서 몰아내야 할 몹쓸 물질로 취급하니 섭섭한 마음에 한 말씀 올려야겠습니다.

나도 처음엔 축복 속에 탄생하였습니다. 다재다능한 나의 재주에 인류는 환호했고 물질의 혁명을 이루었습니다. 내가 태어나기 이전엔 머리빗이나 피아노 건반, 당구공 등의 공예품이나 사치품을 만들기 위해 거북이 껍질을 녹이고 코끼리 상아를 깎았습니다. 나의 탄생으로 많은 동물들이 목숨을 건질 수 있었지요. 나는 인류의 의식주 생활에도 큰 발전을 가져다주었습니다. 나일론 스타킹이 처음 나왔을 때는 지구촌의 수많은 여성들에게 과분한 사랑을 받았고 정말 보람을 느꼈지요. 이후 합성섬유는 의류산업에 큰 기여를 했습니다. 또한 각종 상품의 포장재로 이용되면서 보관과 유통에 큰 도움을 주었습니다. 특히 농수축산물을 비롯한 각종 식품의 경우 플라스틱 포장이 없었다면 습기방지와 기밀 용기를 만드는데 많은 비용이 들었고 멀리까지 수송하기도 불편했을 것입니다. 신선하고 맛난 식재료를 위생적으로 포장하여 계절에 관계없이 공급해 주었습니다. 주택의 단열재 등으로 요긴하게 쓰였고 전기 분야의 절연 제품에도 획기적인 발명품이 되었지요. 이처럼 한 가지 재료로 다양하게 쓰일 수 있는 것은 나밖에 없을 것입니다. 다른 재료와 한번 비교해 볼까요?

나무는 나만큼 다채롭지 못합니다. 우선 부드러움과 단단함의 폭이 나와는 비교가 안 되고 모양을 만드는 성형이나 색깔을 입히는 염색 과정도 나만큼 아름답지 못합니다. 나무로 종이를 만들면 비교적 화려한 모양과 색깔을 꾸밀 수도 있겠지만 물에 적으면 쉽게 찢어집니다. 종이호랑이는 플라스틱 호랑이를 능가할 수 없지요. 나는 물이 스며들거나 쉽게 찢어지지도 않고 심지어 공기도 통과하지 못할 만큼 기밀성이 뛰어나면서도 솜털같이 가볍습니다. 나로 인해 숲이 덜 파괴된 것을 감안하면 나무는 나에게 감사해야 합니다. 다만 종이가 재활용이 잘되고 자연에서 쉽게 분해되는 점은 늘 부럽습니다.

유리는 나만큼 안전하지 못합니다. 수많은 음료수병을 모두 유리병으로 만든다고 생각해 보세요. 여러 개를 한꺼번에 운반할 때 서로 부딪혀 깨지기 쉬우니 고정 틀 형태의 별도의 박스가 필요한데 그 역시도 플라스틱입니다. 나의 분신인 페트병은 가볍고 휴대하기 편리하며 마구 던져도 깨지지 않고 아무 곳에 나뒹굴어도 내용물을 안전하게 보관해 줍니다. 문구나 완구, 컵이나 식기류, 휴대폰이나 안경알 등 유리가 있을 곳에 나를 사용함으로써 새로운 기능을 창조할 수 있었고, 편리함을 제공했고, 안전사고를 예방했습니다. 그러나 역시 부러운 것은 유리가 나보다 재사용이나 재활용률이 훨씬 높다는 것입니다.

철은 나만큼 유연하지 못합니다. 나는 말랑말랑한 실리콘부터 돌멩이보다 더 단단한 당구공까지 부드러움과 딱딱함의 스펙트럼이 무궁무진하면서도 철보다 훨씬 가볍습니다. 물질 재료 중에 나만큼 성품이 유연하고 세월이 가도 변치 않는 소재가 있는지 찾아보세요. 강철은 습기에는 속수무책으로 녹이 슬지만 나는 쉽게 썩지 않으며 가격도 훨씬 저렴합니다. 철을 녹이려면 1500도 정도의 고온이 필요하지만 나는 200도 내외에서도 쉽게 녹기 때문에 그만큼 성형하는 에너지가 절약되고 온실가스 배출량도 적어집니다. 편리성, 에너지 효율성, 부식 저항성, 가벼운 무게, 경제성 등에서 철은 나를 따라올 수 없습니다. 그러나 역시 재활용률은 철이 나보다 낫습니다. 나의 희망은 재활용입니다.

나는 요즘 우울합니다. 다른 재료에 비해 저렴하고 제조방법도 어렵지 않아 지구촌 곳곳에서 큰 차별 없이 사용되면서 물질의 민주화를 이루었습니다. 그런데 언제부턴가 나를 함부로 버리고 골칫거리로 여기더니 이제는 지구촌의 암적인 존재로 취급하며 몰아내야 한답니다. 공치사를 듣고 싶은 것이 아닙니다. 장단점을 정확하게 평가받고 싶을 뿐입니다. 그동안 미운 정 고운 정 듬뿍 들었고 지금도 가장 가까이서 헌신하고 있는데 무조건 미워하면 도리가 아니지요. 내가 비록 세포도 없고 호흡도 못하는 무생물이지만 따뜻한 시선으로 봐주셨으면 합니다. 나도 다른 재료들처럼 멋지고 요긴하게 쓰이다가 쓰임새가 다하는 날 재활용되어 판타스틱하게 부활하고 싶습니다. 제발 도와주세요!

플라스틱의 변명 · 2

나를 대하는 인간들의 잣대는 이중적입니다.

필요해서 창조해 놓고는 그동안 좋아서 마구 쓰고 함부로 버리더니 언제부턴가 나 때문에 생태계가 망가지고 내 몸에서 환경호르몬이나 발암물질이 나와 인간을 위협하고 있으니 나를 지구촌에서 퇴출시켜야 한다고 난리법석입니다. 인간들에게 한번 낙인찍히면 온갖 악담과 선정적인 표현들을 동원하여 마녀사냥을 시작합니다. 나도 쓸모가 있어서 세상에 태어났는데 단점만 끄집어내어 나쁜 물질로 낙인찍힐 때면 누구를 원망해야 할지 답답합니다. 인간들이 지적하는 나의 문제점은 크게 3가지 정도입니다. 쓰레기 발생량이 많은 것, 자연분해가 어려운 것 그리고 유해물질이 검출된다는 것입니다. 이들은 모두 필요에 의해서 만들어진 나의 장점들인데 버려지면서 오히려 단점이 되는 경우입니다. 태생 때부터 잠재되어 있던 역설이지요.

우선 플라스틱 쓰레기가 많은 것은 많이 사용되기 때문입니다. 그 까닭은 만들기 쉽고 저렴한 나의 장점들이 대량생산과 과소비로 이어지면서 '한번 쓰고 버리는 것'으로 인식되었기 때문입니다. 만약 플라스틱이 비싸고 만들기 어려운 고급 재료였다면 아마 부유층에서만 사용되는 귀한 물건이 되었을 것이고 지금과 같은 쓰레기 문제도 없었을 것입니다. 자연분해가 어려운 것도 필요에 의해 그렇게 만들어졌기 때문입니다. 상품의 보관이나 유통, 편리함, 경제성 등을 위해 합성고분자화합물이 필요해졌고 그런 성질 때문에 널리 쓰이고 있습니다. 만약 버려지는 순간 내 몸뚱어리가 빨리 썩어 없어진다면 나의 효용성이나 존재 가치도 사라질 것입니다. 나의 유해 성분 중 자주 언급되는 것이 환경호르몬입니다. 일부 1회용 컵 등의 내부 코팅제나 전자 종이 영수증 등에서 문제가 됩니다. 그러나 극히 일부 제품일 뿐이고 그마저도 많이 개선되고 있습니다. 마치 모든 플라스틱이 유해 물질이고 만지거나 음식을 담아 먹으면 안 되는 것으로 취급받는 것은 오해입니다.

나에 대한 표현도 너무 자극적입니다. 생활용품 중 상당부분이 플라스틱 제품이고 물건을 사면 플라스틱 포장지가 으레 따라옵니다. 그런데도 '플라스틱 제로', 'NO 플라스틱', '플라스틱 없는 직장' 등과 같은 단호한 표현을 볼 때면 지나친 과장이란 생각이 듭니다. 이런 표현에 플라스틱이란 용어를 '1회용 플라스틱'으로 바꿔 쓰면 거부감이 없고 자연스러워집니다. 인터넷의 도서 판매 사이트를 방문해보면 제목부터 공포 분위기를 느끼게 됩니다. 나를 지구에서 몰아 내야할 괴물로 묘사하면서 큰 위험이라도 닥친 듯 지나치게 선정적인 표현이 많습니다. 특히 동화나 그림책 같은 아동 도서에서 자극적인 용어로 혐오감을 부추기는 것을 볼 때면 걱정이 앞섭니다. 마치 외계에서 지구를 파괴하러 온 악마처럼 묘사되기도 하고 심지어 독성 물질로 간주하기도 합니다. 플라스틱에 감정을 이입시켜 물질 그 자체를 혐오하는 것은 감성이 풍부한 어린이들에게 편견을 심어 줄 수 있습니다. 컴퓨터나 휴대폰, 옷이나 책가방 등에도 플라스틱 소재가 사용된다는 것을 알게 되면 혼란스럽지 않을까요. 예를 들어 매일 입안을 깨끗하게 청소해주는 칫솔의 경우 플라스틱이 아니라면 어떤 소재로 그렇게 부드럽고 편리하고 위생적으로 만들 수 있을까요?

편견은 또 다른 편견을 낳습니다. 장점과 효용성은 배울 기회조차 안 주고 무조건 퇴출시켜야 하는 나쁜 물질로만 취급하는 것은 균형 있는 정보가 아닙니다. 생활 곳곳에서 내가 안 쓰이는 곳이 없고 당장 나 없이 살기도 힘들 것 같은데 자꾸 유해 물질로 취급하면 그야말로 이율배반입니다. 이제 플라스틱 이전 사회로 돌아가는 것은 현실적으로 어렵습니다. 나의 창조주는 인간입니다. 내가 괴물이면 인간도 괴물이 되는 것 아닌가요? 인간의 능력이라면 머지않은 장래에 자연에서 생분해되는 새로운 플라스틱을 발명해 낼 것입니다. 그때까지 만이라도 너무 악마 취급하지 말고 미워도 다시 한 번 재사용하고, 재활용해 주고 나아가 새활용하는 대안을 찾아가며 함께 살았으면 좋겠습니다.

제 **5** 부
바다로 간
플라스틱 폐기물

옛날 옛적 환경이야기

미세플라스틱의 은밀한 역습

플라스틱을 먹는 바다 생물들

플라스틱의 종착지 바다

재활용의 첫 단추 분리배출

바이오 플라스틱과 그린 워싱

폐기물 용어의 변천 과정

옛날 옛적 환경이야기

반세기 전과 비교해보면 판타지 세상이다.

나는 1950년대 중반에 태어난 베이비부머 세대다. 태어나보니 강원도 산골이었고 시절도 집안도 가난했다. 어디를 둘러봐도 사방이 산으로 둘려 쌓여 있었고 하늘은 동전만큼 보였다. 신작로는 포장이 안되어 어쩌다 자동차라도 지나가면 먼지가 뽀얗게 날렸다. 봄이면 온갖 새들이 지저귀었고 여름철엔 미루나무 그늘 아래서 매미 소리를 들으며 더위를 식혔다. 고추잠자리를 실에 매달며 놀던 가을엔 쌀밥을 먹을 수 있어 좋았고 함박눈 내리는 겨울엔 찬바람을 가르며 썰매를 탔다. 사계절 눈부시게 아름답고 청정한 자연환경에서 자랐다.

1960년대엔 환경이라는 개념 자체가 없었다. 나무를 땔감으로 사용했고 재래식 화장실엔 아궁이에서 퍼낸 나뭇재가 수북이 쌓여있었다. 분뇨는 재와 섞어 밭에 거름으로 쓰였는데 위생적으로 종종 문제가 발생하기도 했다. 밭에서 나는 푸성귀를 날것으로 먹다가 발효가 덜 된 분뇨에서 기생충 알이나 세균이 감염되어 질병이 발생하곤 했는데 정부에서도 날 것을 먹지 말도록 홍보했다. 초등학교 시절 대변을 받아 가면 기생충 검사를 해주고 구충약을 나누어주었다. 한 학급이 50

명 남짓 했고 검사 결과는 선생님이 한명씩 이름을 부르며 "아무개, 편충", "아무개, 요충"하는 식이었다. 그런데 예쁜 여학생 이름과 함께 "동양모양선충"이 불릴 때는 정말 묘한 기분이 들기도 했다. 누구에게나 흔하게 있던 요충이나 편충이면 몰라도 이름도 처음 들어보는 동양모양선충이라니! "도대체 뭘 먹었기에 저렇게 예쁜 소녀의 뱃속에 그런 게 들어있을까?" 비료 산업이 발달하면서 인분을 거름으로 쓰는 일은 점차 줄어들었고 구충약이 널리 보급되면서 기생충도 차츰 퇴치되어 갔다.

예전엔 쥐가 참 많았다. 집집마다 쥐가 들끓어서 시골집 천장은 밤새 "우두두, 우두두", "찍찍"하는 쥐들의 놀이터가 되었고 어느 집이나 천정엔 쥐의 배설물로 여기저기 얼룩져 있곤 했었다. 그 당시 시골집은 천정이 나지막하여 요즘 아파트에서 문제가 되는 층간소음보다 훨씬 더 시끄러웠지만 매일 반복되고 익숙해지다 보면 아예 자장가가 되기도 했다. 쥐는 전염병을 옮기는 매개체 역할도 하지만 전국적으로 보면 식량 손실도 만만찮았기 때문에 정부에서도 수시로 쥐잡기 운동을 전개할 만큼 골치 아팠고 에피소드도 많았다. 방학숙제로 학년에 따라 쥐꼬리 개수를 정하여 개학날 1인당 몇 개씩 가져가야 했고 그걸 모아 놓으면 정말 보기 흉했다. 간혹 수업시간에 쥐가 나타나서 여학생들의 괴성으로 교실은 아수라장이 되기도 했었다. 집집마다 쥐약이 상비품이 되었고 어둑어둑 저녁이 되면 감자나 옥수수 알갱이에 쥐약을 묻혀서 음습한 곳에 놓아두곤 했는데 고양이나 개가 먹고 죽기도 했다.

풍족하고 편리한 만큼 대가가 따른다. 어릴 적 물밑까지 훤히 볼일 만큼 투명하여 가재 잡고 물장구치던 개울은 지금은 발을 담그기도 꺼림칙할 만큼 물이끼가 많고 지저분해졌다. 풀냄새, 솔향기로 상큼했던 시골 공기는 이제 전국 어디서나 미세먼지로 뿌옇다. 어쩌다 자동차가 한 대씩 지나가던 한적한 신작로는 널찍한 아스팔트 도로가 뻥 뚫렸고 자동차 매연과 소음으로 성가시고 번거롭게 바뀌었다. 흰 구름이 쉬어 넘던 산등성이엔 낯선 철탑이 우뚝 서있고 긴 줄들이 주렁주렁 연결되어 있다. 그 대가로 전국 어느 곳에서나 휴대폰으로 실시간 대화가 가능해졌다. 도시에는 1회용 플라스틱 쓰레기가 넘쳐나고 농촌에는 폐비닐이 바람에 날려 여기저기 걸려있다. 늘 배가 고팠던 시절에서 너무 먹어 비만이라는 질병이 생기고 살 빼는데 다시 돈을 쓰는 시대에 살고 있다. 지난 50년이 그 이전의 5백년보다 더 많은 변화를 가져왔다. 물질은 풍족해졌는데 마음은 점점 더 강퍅해지고 여유가 없는 것은 무슨 까닭일까?

미세플라스틱의 은밀한 역습

21세기는 미세한 존재와의 전쟁 시대다.

매일 눈만 뜨면 날씨와 함께 예보되는 미세먼지 농도를 접하면서 '미세'란 용어가 일상이 된지 오래다. 먼지 알갱이가 미세할수록 폐부 깊숙이 스며들기 때문에 미세먼지보다 더 해로운 것이 초미세먼지다. 코로나19를 겪으면서 지구상에서 가장 무서운 존재가 바이러스라는 것을 깨닫게 되었다. 바이러스는 생물과 무생물의 경계에 있을 만큼 지구상에서 가장 미세한 존재지만 만물의 영장이라는 인간을 꼼짝 못하게 만들었다. 미세한 존재의 위협은 또 있다. 미세플라스틱이다. 일상생활에서 가장 많이 쓰이는 물질 소재가 플라스틱이고 그만큼 버려지는 양도 많아지면서 또 다른 골칫거리가 되고 있다. 미세플라스틱도 입자나 알갱이가 작은 초미세플라스틱이 생태계에 더 심각한 영향을 미친다. 하늘에선 미세먼지가, 땅에는 미세한 바이러스가, 바다에는 미세플라스틱이 많은 생명들을 위협하고 있다. 미세한 존재의 은밀한 역습이 시작되었다.

미세플라스틱은 얼마나 작은 것일까? 나라와 관련 학자들에 따라 견해 차이가 있지만 통상 5mm이하를 미세플라스틱이라 정의한다. 대략 쌀알이나 작은 스티로폼 알갱이 정도다. 이보다 더 작은 1mm 이하의 플라스틱 조각을 초미세플라스틱으로 해석하기도 하고 더 작은 알갱이를 마이크로비즈(micro beads)라 부르기도 한다. 미세플라스틱보다 1000배 이상 더 미세한 마이크로미터(㎛) 단위의 플라스틱 분말을 나노플라스틱이라고도 하는데 현재 기술로는 아직 정확한 측정이 어렵다.[1] 미세먼지의 크기가 직경 10㎛ 이하인 것을 감안하면 미세플라스틱은 이보다 500배 정도 큰 편이다. 나노플라스틱 정도면 미세먼지와 마찬가지로 호흡기를 통해 인체에도 흡수될 수도 있다.

미세플라스틱은 어떻게 생기는 것일까? 발생 원인에 따라 크게 2종류로 나눌 수 있는데 제품 자체에 마이크로비즈 형태로 들어있는 1차 미세플라스틱과 부피가 큰 플라스틱이 잘게 부서지면서 생긴 2차 미세플라스틱으로 구분할 수 있다. 1차 미세플라스틱의 경우 스크럽제나 세정제, 바디워시, 치약 등에 사용되었으나 환경문제가 대두되면서 대부분 사용이 금지되었다. 2차 미세플라스틱의 경우 가장 많은 부분을 차지하는 것은 합성섬유다. 전 세계 미세플라스틱 오염의 약 35%가 의류의 세탁 과정에서 발생하는 합성섬유라는 보고도 있다.[2] 미세플라스틱은 도시의 하수처리장에서도 걸러내기 어려워 그대로 강으로 흘러들어 바다로 간다. 이 외에도 비닐류가 햇빛에 노출되면서 광분해를 일으켜 푸석하게 부서지면서 미세플라스틱이 된다.

미세플라스틱의 역습은 은밀하고 우회적이다. 바다로 유입된 미세플라스틱에 유기물이 부착되어 플랑크톤이나 물고기의 몸속으로 들어가고 먹이사슬을 통해 생물축적이 되면서 인간에게 옮겨질 수 있다. 실제로 연안에 서식하는 조개류, 갑각류, 물고기 등에서 미세플라스틱의 검출이 심심찮게 보도되곤 한다. 국내 모 대학에서 조사한 바에 의하면 소금에서도 미세플라스틱 성분이 검출되었다는 보고가 있다.[3] 어떤 경로를 통해 소금에 미세플라스틱이 함유되었는지 정확한 원인은 알 수 없지만 그로인해 인체에 섭취될 가능성도 간과할 수 없다. 미세플라스틱의 피해는 먼 바다 이야기만은 아니다. 2017년 환경부 자료에 의하면 일부 정수장에서도 미세플라스틱이 검출된 사례가 있다.[4] 수돗물 등 먹는 물에서 미세플라스틱을 규제하는 나라는 아직 없으나 머지않은 장래에 분석기술이 향상되면 수돗물의 기준 항목으로 정해질 가능성이 높다.

이 외에도 의약품, 세제, 화장품 등 일상생활에서 나도 모르는 사이에 수없이 많은 미세플라스틱에 노출되고 있다. 한 사람이 일주일에 약 5g 정도의 미세플라스틱을 섭취 한다는 보고도 있는데 이를 비닐의 부피로 환산해보면 상당한 크기다. 얼핏 이해하기 어렵고 한편으론 놀랍기도 하다. 이미 사람의 대변에서도 미세플라스틱이 검출되고 있고, 바다뿐만 아니라 식품이나 토양, 공기 중에도 미세플라스틱이 검출되고 있다.[5]

미세한 존재의 역습이 잦아지고 있다. 지난 세기에는 몇 십 년에 한 번 씩 대유행을 했던 바이러스가 21세기 들어서면서 2002년 사스를 시작으로 신종플루, 메르스, 에볼라, 지카 그리고 2019년 코로나19까지 2~3년에 한번 꼴로 출현 빈도가 빨라졌고 종류도 다양해졌다. 만물의 영장이라는 인간이 가장 두려워하는 것이 아이러니하게도 가장 미세한 존재다. 과학기술의 발달로 예전엔 모르고 지냈던 미세한 존재들이 속속 드러나면서 전쟁을 치러야할 대상도 계속 늘어나고 있다. 미세먼지에서 초미세먼지로, 미세플라스틱에서 초미세플라스틱으로 점점 더 미세한 존재로 변신하여 부메랑이 되어 인간을 공격하기에 이르렀다. 특히 미세플라스틱은 100% 인간이 자초한 것으로 찾아내기도 어렵고 일일이 제거할 수도 없지만 발생을 억제할 수는 있다. 플라스틱을 덜 쓰고, 덜 버리는 생활 습관은 많은 해양 생물의 목숨을 구하는 이타적 행위다.

플라스틱을 먹는 바다 생물들

먹을수록 허기지는 플라스틱!

바다 생물에겐 플라스틱도 먹이로 보인다. 내가 무심히 버렸던 비닐봉지가 거북이에겐 맛있는 해파리로 보이고 형형색색의 1회용 라이터나 병뚜껑은 바닷새가 새끼 오징어나 물고기 알로 착각할 수 있다. 물속의 미세플라스틱은 플랑크톤에 부착되어 물고기가 먹고, 바닥에 가라앉은 미세플라스틱은 조개, 갑각류, 절지동물의 몸속에 축적된다. 특히 해안가에서 많은 시간을 보내는 바닷새의 새끼들은 파도에 떠밀려오는 플라스틱 조각들을 먹고 포만감으로 굶어 죽는다. 해양환경정보포털의 자료에 의하면 가장 피해가 큰 해양 생물은 바닷새이고 그 다음이 어류, 바다표범, 물개, 고래, 바다거북 순이다.[6]

앨버트로스라는 바닷새는 빨간색의 날치 알을 좋아한다고 한다. 태평양 한가운데 있는 외딴 섬 미드웨이에는 수십만 마리의 앨버트로스가 바다로 나가 먹이를 잡아다 새끼를 키우는데 언제부턴가 바다를 떠다니는 1회용 라이터나 병뚜껑 같은 플라스틱 조각들을 먹이로 착각하여 자신도 먹고 새끼에게도 먹여 소화불량과 포만감으로 수없이 굶어 죽는다고 한다. 또 다른 연구에 의하면 레이산앨버트로스 새끼 중

대다수의 위에서 플라스틱이 나왔고, 바다오리, 푸른 바다제비, 북방 갈매기 등도 뱃속에 플라스틱을 삼킨 채 살아간다고 한다.[7] 생각했던 것보다 훨씬 심각한 상황이다. 2019년 필리핀 해변에 떠밀려온 죽은 고래의 뱃속에서는 수십 kg의 플라스틱이 발견되었고 이탈리아에서 발견된 향유고래의 뱃속에서도 플라스틱 튜브, 접시, 비닐봉지 등이 소화되지 않은 채 원형 그대로 보존되어 있는 등 전 세계 해안가에서는 뱃속에 플라스틱 쓰레기가 가득한 채 죽은 해양 생물들이 수시로 발견되곤 한다.[8]

플라스틱에 희생된 바다 생물의 사진은 이제 흔하다. 플라스틱 끈이 목에 칭칭 감긴 거북이 사진이 있는가 하면 그물에 걸려 숨진 채 발견되는 바다표범도 있다. 2009년 영화제작자인 크리스 조던이라는 사람이 올린 사잔 한 장에 지구인들은 경악했고 커다란 죄책감을 느꼈다.[9] 털과 뼈만 앙상하게 남은 죽은 새의 뱃속에 일회용라이터, 병뚜껑, 골프공, 칫솔 등이 소화되지 않은 채 화석처럼 그대로 들어있는 사진에서 그동안 짐작만 했던 플라스틱의 피해 실상을 눈으로 확인하는 순간이었고 안타까움과 경각심을 갖게 되었다. 먹이로 오인하는 피해 외에도 바다를 떠다니는 1회용품, 부표, 밧줄 같은 어구와 바다 밑에 버려진 유령그물, 통발에는 물고기를 비롯해 바다표범, 거북이, 돌고래 등이 걸려 죽는다. 더 심각한 것은 눈에 띄지 않는 미세플라스틱에 의한 생물축적이다. 플랑크톤에 부착된 미세플라스틱을 작은 물고기가 섭취하면 먹이사슬을 통해 큰 물고기로 옮겨지면서 결국 식탁에 올라 인간에게도 부메랑처럼 돌아 올 수 있다. 우리나라 연안의 홍합, 굴,

가리비 같은 조개류에서 PE, PP, PS 성분의 미세플라스틱류가 검출되었고 대구, 아귀, 노래미, 도다리 등 대부분의 어류에서도 검출되고 있다.[10]

　바다는 모든 생명의 원천이다. 바다가 망가지면 인간도 무사할 수 없다. 그런데 수많은 바다 생물이 인간이 무심히 버린 플라스틱을 먹고 소화가 안 되어 포만감과 영양실조로 굶어 죽는다. 배가 불러 굶어 죽다니! 이런 아이러니가 또 있을까? 언젠가는 영리한 인간들이 친환경 플라스틱을 발명해내겠지만 바다 생명들은 그때까지 기다릴 여유가 없다. 뱃속에 플라스틱을 가득 채운 채 죽은 동물사진을 볼 때면 마치 채울수록 더 허기지는 인간의 욕망을 보는 것 같아 안타깝다. 지구촌에서 가장 해로운 동물은 확실히 인간인 것 같다. 함께 사는 방법을 찾지 않는다면 다 같이 죽는 길밖에 없을 것이다.

플라스틱의 종착지 바다

얼마나 많은 쓰레기가 바다로 흘러들까?

집중호우가 지난 다음 하천주변의 나뭇가지에 걸려있는 비닐봉지나 스티로폼 박스 등을 보면 평소 플라스틱 쓰레기가 얼마나 많이 버려지는지 짐작할 수 있다. 쓰레기가 바다로 유입되는 경로는 크게 3가지로 구분할 수 있다. 육지에서 버려진 쓰레기가 강을 통해 바다로 유입되는 경우와 해수욕장이나 관광지 등 연안지역에서 발생한 쓰레기가 유입되는 경우 그리고 어업활동에서 버려지는 어망, 어구 등의 선상 쓰레기다. 특히 홍수나 태풍 시 엄청난 양의 육지 쓰레기가 바다로 유입된다. 물론 이외에도 미세플라스틱이 되어 은밀하게 유입되는 경우도 많다. 바다로 유입되는 플라스틱 쓰레기의 양을 정확하게 조사하는 것은 사실상 불가능하다. 그렇다고 마냥 무관심할 수도 없다.

해양환경공단에서는 전국 해안지역 수십 곳에 쓰레기 모니터링 지점을 설치하여 발생량과 종류, 원인 분석 등을 지역 민간단체에 위탁하여 정기적인 조사를 실시하고 있다. 2018년부터 2021년까지 4년간의 통계 자료를 보면 쓰레기의 개수로는 플라스틱이 85%로 압도적으로 많았으며 무게로 환산해도 55%로 가장 많았다. 2021년 모니터링 지점에서 수거된 해안 쓰레기 중에서 유형별 무게 비중을 보면 플라스틱 51%, 목재 22%, 외국 쓰레기 12%, 종이 7% 순이었다.[11] 가벼운 플라스틱의 특성상 부피로 환산하면 이보다 훨씬 많은 양이 될 것이다. 플라스틱 쓰레기를 다시 종류별로 분류해보면 스티로폼 부표, 발포형 부스러기, 밧줄 등의 어구, 플라스틱 조각, 음료수병, 병뚜껑의 순이었다. 한 가지 특이한 것은 외국에서 유입된 쓰레기가 세 번째로 많았다는 것이다.

바다에 버려진 쓰레기는 국경을 자유롭게 이동한다. 따라서 해양오염을 줄이기 위해서는 국제협력이 필요해지는데 최초의 국제협약이 1972의 런던협약이었으며 이를 구체화하고 보완하여 1996년 런던의정서가 채택되었고 2006년 국제적으로 발효되었다. 한국은 1993년에 런던협약, 2009년에 런던의정서에 가입하였으며 이후 의장국을 맡는 등 국제적으로도 적극적인 활동을 펼치고 있다. 우리나라는 폐기물의 해양투기를 원칙적으로 금지한다. 다만, 육상에서 처리가 곤란하고 유해성이 적은 어패류, 젓갈류, 조개 껍데기 등 수산물 가공 잔재물에 대해서는 「해양폐기물관리법」 제7조의 처리기준에 따라 대통령령으로 정하는 해역에 버릴 수 있다.[12]

국제적으로 해양폐기물을 가장 많이 배출하는 나라는 중국이다. 그 다음이 인도네시아, 필리핀, 베트남, 스리랑카 등 대부분 바다를 인접한 아시아 국가들이다. 플라스틱의 해양오염을 줄이려면 기반시설이 열악한 국가로 선진국의 쓰레기가 수출되는 것을 차단하는 것이 필요하지만 재활용 문제를 고려하면 쉽게 결정하기 어려운 문제다. 2018년 중국에서 폐지 수입을 금지하면서 우리나라가 쓰레기 대란을 겪었던 경험이 있다.

바다에 버려진 쓰레기는 건져내는 수밖에 없다. 해양쓰레기 수거는 중앙정부와 지방자치단체가 나누어 실시하는데 우리나라는 국제적으로도 매우 우수한 해양쓰레기 수거 국가다. 다양한 수거사업이 있는데 그 중에서 어업활동 중에 인양된 폐어업 용구나 바다에서 수거한 쓰레기를 정부가 사들이는 '조업 중 인양 쓰레기 수매제도'는 다른 나라에서 벤치마킹할 만큼 특별한 사업이다.[13] 또한 이를 위해 조업 중에 건진 쓰레기를 육지까지 운반하지 않고 바다에서 수시로 버릴 수 있도록 바지선으로 '해양쓰레기 선상 집하장을 설치하는 것' 등도 우리나라에서 처음 선보인 우수한 해양쓰레기 수거사업이다.[14]

세계 곳곳의 아름다운 섬도 밀려드는 플라스틱 쓰레기로 몸살을 앓고 있다. 그러나 해안가로 밀려온 쓰레기는 오히려 수거하기 쉽다. 연안을 벗어난 플라스틱은 국적이나 고향을 잊은 채 바다를 떠도는 방랑자가 된다. 뜨거운 태양과 수많은 풍파에 시달리며 낡고, 헐고, 부서져 곤죽이 될지언정 죽지 못하고 항해를 계속하다 때론 환류의 사각지대에 떼거지로 모여들기도 한다. 1997년 미국의 찰스무어 선장이 육지로부터 수천 km나 떨어진 북태평양의 어디쯤에서 발견했다는 거대한 쓰레기 섬도 그런 것 중 하나였다. 그 과정에서 수많은 바다 생명들이 플라스틱을 먹고 이유도 모른 채 고통을 겪으며 죽어갔을 것이다. 바다를 떠도는 플라스틱 쓰레기를 모두 건져내는 것은 불가능하다. 바다

로 유입되는 것을 막는 것이 최선인데 그 방법은 귀가 닳도록 들어 누
구나 잘 알고 있다. 천리 길도 한 걸음부터다.

재활용의 첫 단추 분리배출

재활용은 분리배출로부터 시작된다.

플라스틱은 그 종류가 너무도 다양하고 복잡하여 헷갈리기 쉽기 때문에 어느 정도 공부가 필요하다. 분해가 어려운 고분자 유기화합물인데다 용도에 따라 다양한 화학 첨가제가 사용되었기 때문에 그 성질이 천차만별이다. 따라서 같은 종류끼리 모으지 않으면 녹는 온도 등이 달라 재활용 과정에 문제가 발생되므로 우선은 상품의 포장지나 용기에 있는 재활용 마크의 재질과 성분표시를 확인해야 한다. 재활용 마크의 의미는 소비자가 분리배출을 하면 정부나 제품 생산자가 재활용을 하겠다는 일종의 약속인 셈이다.

재활용 마크는 크게 유리, 금속, 종이 및 합성수지의 4가지 재질로 구분한다. 쓰레기도 엄연히 자원이므로 줄이고, 다시 쓰고, 재활용하자는 세 개의 구부러진 화살표로 삼각형의 순환 고리를 만들고 그 안에 한글과 영문으로 재질표시를 한다. 재활용 마크를 처음 디자인한 사람은 미국의 개리 앤더슨이라는 젊은 학생으로 디자인 공모전에 출품했다가 선정된 작품이라고 한다.[15] 재활용 마크 중 유리는 단일 재질이지만 금속캔류는 다시 철과 알루미늄으로 나뉘고, 종이는 종이팩과 일반 종이류로 구분된다. 금속은 자석으로 분리되고 종이는 물에 불려 다시 원료로 사용할 수 있지만 합성수지인 플라스틱은 좀 복잡하다. 우선 용도별로 페트(PET), 플라스틱, 비닐류로 구분한 다음 플라스틱과 비닐은 다시 화학성분에 따라 고밀도폴리에틸렌(HDPE), 저밀도폴리에틸렌(LDPE), 폴리프로필렌(PP), 폴리스틸렌(PS), PVC 및 기타 플라스틱류(OTHER)로 세분된다. 이들 용어가 유기화학 성분의 명칭으로 되어있어 어렵긴 하지만 국제표준화기구(ISO)에서 인증하는 세계 공통 용어이므로 익숙해지는 수밖에 없다. 상세한 도안이나 색깔 등은 한국환경공단의 분리배출표시 제도에서 확인 할 수 있다.[16] 아파트의 쓰레기 집하장에서는 7가지로 세분하여 분리 배출하기는 어렵고 대개 투명 페트병, 기타 플라스틱류, 비닐류, 스티로폼 정도만 구분되어 있으며 단독 주택의 경우는 그나마도 어려운 실정이다.

플라스틱 쓰레기의 분리배출 시 고려 사항은 크기, 재질, 색깔 정도다. 대개 플라스틱 제품은 여러 종류의 재질이 혼합되어 있어 분리배출 시 복잡하고 혼란스럽다. 예를 들면 생수병과 요구르트 병은 다 같은 플라스틱이지만 화학성분은 페트(PET)와 폴리스티렌(PS)으로 서로 다르고, 같은 PET병이라도 뚜껑은 폴리에틸렌(PE), 라벨은 폴리프로필렌(PP)이다. 성분이 다르면 녹는 온도가 다르기 때문에 각각 분리 배출 되어야 재활용할 수 있다. 재활용률이 가장 높은 PET병의 경우 뚜껑을 닫아서 배출하는 경우와 뚜껑만 따로 배출하는 경우의 장단점이 달라서 나라마다 배출 방법도 다르다. 우리나라에서는 병을 찌그러뜨린 다음 뚜껑을 닫아서 배출하는 것이 권장된다. 그동안 공동주택에서만 시행해오던 투명 페트병의 분리배출 제도를 2021년 12월 25일부터 단독주택 지역까지 확대 실시하고 있다. 페트병은 펠릿으로 만들어 새로운 페트병의 재생원료로 쓰이거나 재생 솜 등으로 재활용된다. 라면봉지나 과자봉지 같은 비닐류는 대부분 기타 재질인 OTHER로 분류되는데 종류에 관계없이 한군데에 모아지고 대개는 압축하여 연료용 펠릿으로 재활용된다.

　2022년부터 생산되는 플라스틱 제품 중 재활용이 어려운 포장재는 기존의 재활용 삼각 마크에 빨간색 사선을 그은 별도의 마크를 표시하여 종량제봉투에 배출토록 유도하고 있다.[17] 쓰레기의 크기도 문제가 되는데 볼펜이나 칫솔 같이 작은 플라스틱은 가정에서 열심히 분리배출 했더라도 선별장에서 수작업으로 골라내기 어렵기 때문에 처음부터 종량제봉투에 담아 버리는 것이 권장된다. 각종 생활쓰레기의 분리배출 방법에 대하여는 쓰레기 박사로 불리는 홍수열의 책 「그건 쓰레기가 아니라고요」」와 손영혜의 「잘 버리면 살아나요」에 상세하게 설명되어 있다. 또한 플라스틱을 줄이고 재사용하는 구체적인 실천방법이나 시민운동에 대하여는 플라스틱프리 활동가인 고금숙의 책 「우린 일회용이 아니니까」에 다양한 정보와 함께 사례별로 잘 정리되어 있다.[18][19][20]

　플라스틱은 지구촌에서 가장 많이 사용되고 가장 쉽게 버려지지만 재활용률은 가장 낮다. 그 이유는 수거, 선별, 가공 등 재활용 과정에 드는 비용이 석유를 원료로 쓸 때보다 비싸기 때문일 것이다. 따라서 재활용의 첫 단추인 분리배출은 자원의 절약과 재활용의 원가절감을 위해 매우 중요한 일이다.

바이오 플라스틱과 그린 워싱

새로운 플라스틱 시대는 언제쯤 올까?

인류가 사용하고 있는 물질 재료 중 플라스틱만큼 가공이 쉽고 성능이 뛰어나면서도 가격이 저렴한 소재는 지금까지 찾지 못했다. 그러나 수많은 장점에도 불구하고 자연 분해가 어려운 합성수지의 특성 때문에 플라스틱 사회는 또 다른 전환기를 맞고 있다. 지속가능한 플라스틱 사회를 위해서는 좋은 기능은 그대로 유지하면서 땅속에 묻혔을 때 쉽게 분해되는 새로운 플라스틱 재료가 필요한데 이를 통상 바이오 플라스틱이라 부른다. 1980년대 이후 이 분야에 대한 연구가 활발히 진행되고 있다.

바이오 플라스틱은 어떤 원료로 만들 수 있을까? 지금까지는 대부분 곡물에서 추출한 전분이나 당류, 섬유질인 셀룰로오스 그리고 식물성 기름 등이 이용되고 있다. 전분이나 당류의 원료로는 옥수수가 많이 이용되고 사탕수수, 감자, 밀 등이 사용되기도 한다. 셀룰로오스의 원료는 대부분 목재가 쓰이고 톱밥이나 볏짚 등을 이용하기도 한다. 식물성 기름은 해바라기, 팜, 올리브, 콩 등이 이용된다. 이외에도 해양 식물의 알긴산 성분이나 갑각류 등에서 추출한 키틴 등의 동물성 물질도 활용된다. 한편 미생물로 플라스틱을 만들기도 하는데 생분해성이 좋고 물성도 우수하지만 대량 생산이 어렵고 가격이 비싼 것이 흠이다.[21] 바이오플라스틱이 상용화되기 위해서는 값싸고 풍부한 원료 물질과 저렴한 생산기술 등으로 경제성이 확보되어야 할 것이다.

바이오 플라스틱에 대한 개념 정리도 필요하다. 동식물을 원료로 하는 바이오 플라스틱은 바이오매스와 생분해성의 두 부류로 나눈다. 예를 들어 6개월 동안 90% 이상이 분해될 때 생분해성이라고 부르는데 바이오매스를 원료로 했더라도 생분해가 안 되는 것이 있다. 「환경기술산업법」에서도 바이오 플라스틱의 환경표지 인증 기준과 관련하여 바이오매스 합성수지제품(EL727)과 생분해성 수지제품(EL724)의 두 종류로 구분하고 있다.[22] 인증 기준에 따른 검증은 한국환경산업기술원에서 시행하고 있는데 바이오매스 합성수지제품은 생분해가 어려운 것으로 분류한다.[23] 따라서 바이오라는 명칭이 붙었다고 다 생분해되는 것도 아니고 나라마다 바이오 플라스틱에 대한 개념이나 접근 방법도 다르며 통일된 제조방법도 없기에 다소 혼란스럽기도 하다.

바이오란 용어가 남용되기도 한다. 환경문제의 사회적 요구가 강해지고 젊은 세대들의 가치소비가 꾸준히 증가하면서 기업의 입장에선 친환경 이미지가 매우 중요한 마케팅 전략이 되고 있다. 따라서 '친환경 바이오 플라스틱'이나 '지속 가능한 바이오 플라스틱' 등과 같은 표현을 쓰고 싶은 유혹을 뿌리치기 어렵다. 그러나 겉으로는 친환경인 척 홍보하면서 실제는 큰 효과가 없는 단순히 기업의 이미지 변신을 위한 가짜 노력을 그린 워싱(green washing)이라 하는데 여기에 바이오라는 명칭이 이용되기도 한다. 물론 실제로 친환경과 윤리경영을 표방하면서 사회적 약자를 돕는 소위 ESG 경영을 하는 기업도 많다. 진정한 바이오 플라스틱이 되려면 동식물을 원료로 만들고 사용 후 자연 상태에서 6개월 이내에 생분해되거나 퇴비화 할 수 있어야 한다.

플라스틱의 원료인 석유는 소중한 자원이다. 그러나 지금같이 마구 꺼내 쓰면 언젠가는 고갈될 것이다. 자동차 연료를 전기나 수소로 바꾸듯이 지속가능한 플라스틱 사회를 위해서는 생분해되는 바이오 플라스틱의 개발이 반드시 이루어져야 한다. 땅에 묻으면 쉽게 썩고, 태워도 유해가스를 발생시키지 않으며, 환경호르몬도 없고, 미세플라스틱을 발생시키지도 않으면서 가격도 저렴한 바이오 플라스틱의 탄생은 가능할까? 21세기에는 지구촌에 새로운 플라스틱 시대가 도래되기를 기대해본다.

폐기물 용어의 변천 과정

환경 용어의 변천은 그 시대의 생활사다.

법률을 시행함에 있어서 목적과 용어는 매우 중요하다. 따라서 제1조에서 법률 제정의 목적을 밝히고 제2조에서는 반드시 용어에 대한 정의가 규정된다. 용어의 뜻이 분명하지 않으면 법률 시행에 혼돈과 다툼을 초래될 수 있기 때문이다. 시대 상황에 따라 법률이 수시로 제·개정되듯이 용어도 생물같이 탄생, 성장, 소멸을 거듭한다. 「폐기물관리법」도 1986년 처음 제정된 이래 2022년 4월까지 36년 동안 총 60회의 개정을 거치면서 매년 평균 1.7회 정도 수정하고 보완되었다.[24] 경제발전과 함께 산업구조와 생활양식이 바뀌면서 쓰레기의 성상과 발생량도 다양하고 복잡해졌고 그에 따른 분류체계도 많은 변화를 가져왔다. 일반적으로 폐기물과 쓰레기란 용어가 혼용되고 있지만 법률상 쓰레기는 폐기물의 한 종류이다. 폐기물의 분류체계와 변천 과정을 살펴보는 것은 쓰레기를 줄이고 분리배출을 하는데 의미 있는 일이다. 먹고살기도 빠듯했던 예전엔 쓰레기가 많이 배출될 정도면 부잣집이었을 만큼 쓰레기도 귀했던 시절이 있었다.

폐기물의 법률 용어는 '오물'로부터 시작되었다. 1961년에 제정된

「오물청소법」에서 규정한 오물의 범위에는 진개, 재, 오니, 분뇨 및 견(犬), 묘(描), 서(鼠) 등의 사체가 포함되어 있다. 법률 용어는 예나 지금이나 어려운 한자어가 많다. 개, 고양이, 쥐로 표현해도 될 것을 구태여 견, 묘, 서로 표현했는지 이해하기 어렵다. 진개(塵芥)는 먼지와 티끌이라는 뜻으로 일반 쓰레기를 지칭했던 것 같고, 오니(汚泥)는 하수 등에 가라앉은 침전물 형태의 오물을 표현한 것이다. 1976년 대학에서 환경공학을 공부하며 오니란 용어를 처음 접했는데 하수나 폐수처리 과정에서 가라앉은 찌꺼기를 지칭하는 말로 슬러지(sludge)라는 영어 표현과 혼용하여 사용하였다. 진개라는 말은 오래전에 환경 용어에서 사라졌지만 오니는 여전히 사용되고 있다. 목재나 석탄이 주요 땔감으로 사용되었던 그 당시엔 타고남은 재나 연탄재가 거리 곳곳에 나뒹굴어 보기 흉했다. 재라는 용어도 지금은 소각잔재물로 바뀌어 사용되고 있다.

개, 고양이, 쥐 등의 사체를 구체적으로 명시한 것도 그 당시 시대 상황의 일면을 엿볼 수 있다. 1960년대 전국적으로 쥐잡기 운동이 수시로 벌여졌고 이 과정에서 개나 고양이가 곡식과 섞어 놓은 쥐약을 먹거나 쥐약을 먹고 죽은 쥐를 먹고 죽는 경우가 많았다. 이후 양돈이나 양계 산업이 활성화되면서 도축장, 도계장 등을 통해 동물의 사체 외에 뼈나 털, 피 등 다양한 쓰레기가 발생되면서 '견(犬), 묘(描), 서(鼠) 등의 사체' 라는 문구는 1973년 '동물의 사체 및 기타 폐기물' 로 개정되었고 그 과정에서 공교롭게도 '폐기물' 이란 용어가 처음 등장하게 되었다고 한다.[25] 이후 공업단지가 조성되면서 산업 현장에서 배출되는 액체 형태의 오염물질을 '폐수'라 불렀고 이와 대비되는 고체 형태를 '고형폐기물' 또는 '폐기물'로 분류하였다.

폐기물의 분류체계도 여러 명칭으로 변해왔다. 발생 장소가 기준이었던 일반폐기물과 산업폐기물을 유해 성분의 함유 여부에 따라 일반폐기물과 특정폐기물로 분류하여 일반폐기물은 지방자치단체가 맡고 특정폐기물은 국가가 관리하였다. 1992년에는 폐기물을 자원으로 활용하기 위해 「폐기물관리법」의 내용 중 폐기물감량 및 재활용에 관한 내용을 별도로 분리하여 「자원재활용법」을 제정하면서 기존의 사후적 처리중심 정책에서 생산, 유통 단계부터 폐기물의 발생을 감량시키고 재활용을 유도하는 사전 예방 정책으로 전환되었다. 1995년에는 발생원을 중심으로 다시 생활폐기물과 사업장폐기물로 분류하였고 사업장폐기물 중 유해 물질을 함유한 것을 지정폐기물로 분류하였다. 한편 보건사회부에서 관리하던 병원 등에서 발생되는 감염성폐기물이 환경부로 이관되면서 1999년 지정폐기물에 포함시켰으며 2007년에 다시 의료폐기물로 명칭을 변경하여 별도 관리하고 있다.

폐기물 분야의 변곡점도 역시 플라스틱이다. 청소 개념에서 시작한 몇몇 오물들이 생활수준 향상과 도시 집중화로 인구가 밀집되면서 음식물 쓰레기를 비롯한 각종 생활 쓰레기가 넘쳐나고 매립장이나 소각장이 포화 상태에 이르고 있다. 그중에서도 포장재의 남용과 1회용품 사용이 늘어나면서 플라스틱 폐기물이 갈수록 태산이다. 인류에게 혁명적인 재질로 등장한 플라스틱이었지만 불과 한 세기도 지나기 전에 가장 골칫거리 폐기물로 부상되었다. 낙엽이나 연탄재 같이 비교적 낭만적이었던 폐기물이 플라스틱 쓰레기로 변천 되면서 헤아릴 수 없을 만큼 많은 종류로 늘어났고 그 성질도 점점 더 고약해지고 있다. 이대로 계속되다가는 지구가 플라스틱 행성이 될지도 모르겠다.

제 **6** 부

다이어트가
필요한 과대포장

알맹이만 파는 번개시장

포장지도 골라서 살 수 있다면

포장지 값은 얼마일까

배달민족의 배달문화

아이스 팩을 나이스 팩으로

욕망도 1회용품처럼

바람 바람 바람

알맹이만 파는 번개시장

시장에는 삶의 에너지가 넘쳐난다.

춘천에는 꽤 큰 번개시장이 두 곳 있는데 내가 자주 찾는 곳은 '애막골 번개시장'이란 곳이다. 주변에 아파트 단지가 빼곡한 이곳은 애막골 산자락을 배경으로 큰 도로변에 시장이 서는데 날씨나 계절, 평일과 주말에 따라 장터 규모가 달라진다. 쾌청한 주말의 경우 약 100여개의 노점상들이 400~500m까지 길게 이어지며 성황을 이루고 설날이나 추석 밑의 대목장에는 발 디딜 틈이 없을 만큼 북적인다. 개장과 파장 시간이 딱히 정해진 것은 아니지만 오전 5시쯤에 시작되어 대략 10시 정도면 썰렁해진다. 이른 아침에 잠간 서는 장이라 새벽시장이라 부르기도 한다. 얼핏 무질서해 보이지만 좌판마다 자리매김이 되어있어 늘 그 장소에 가면 그 물건을 파는 분이 계신다. 흥정과 덤은 기본이고 영업 방식도 해학이 넘친다. 번개시장의 매력은 계절 먹거리인데 그중에서도 월별로 반짝 나타났다 사라지는 소위 번개상품이 따로 있다. 번개시장을 찾는 또 다른 이유는 친환경 시장이기 때문이다. 불필요한 상업포장 없이 알맹이만 살 수 있기 때문에 상품을 정리할 때 포장지 쓰레기가 거의 없다.

5월이 오면 기다려지는 번개 상품은 꽁치다. 5월 말쯤 번개시장을 찾으면 동해안 생물 꽁치를 알현할 수 있는데 첫물보다는 1주일쯤 지난 다음에 사는 것이 알이 꽉 차고 실하다. 대형 마트에서는 합성수지 받침 접시에 랩을 씌운 크고 기름진 원양 어선의 냉동 꽁치가 있지만 강원도 동해의 단백하고 고소한 속초 꽁치 맛에는 비할 바가 못 된다. 1960년대 고향인 평창에서는 모내기철에 꽁치구이가 빠지지 않았다. 이맘때쯤 산란기를 맞는 꽁치는 뼈가 물러져 뼈째 먹으면 더 고소하고, 실처럼 늘어지는 끈끈한 꽁치 알은 별미 중에 별미였다. 대광주리는 머리에 이고 막걸리 주전자는 손에 들고 바리바리 싸온 음식들을 펼쳐놓고 논두렁에 모여 앉아 이밥에 노릇하게 구운 꽁치 한 마리면 산해진미가 부럽지 않았다. 흔히 봄 도다리, 여름 민어, 가을 전어, 겨울 숭어란 말이 있지만 춘천의 번개시장에선 꽁치, 고등어, 동태, 임연수어 정도면 더 바랄 게 없다. 겨울철엔 양미리나 도루묵이 값도 싸고 맛도 최고다. 그러나 기후변화의 영향으로 동해에서 명태가 사라진지 오래고 요즘은 그 흔하던 꽁치, 양미리, 도루묵도 점점 귀한 생선이 되어가고 있어 안타깝다.

6월엔 완두콩 밥이 제 맛이다. 중순쯤 번개시장을 찾으면 이곳저곳에서 콩깍지를 까는 아낙네의 손길이 바쁘고 좌판의 바구니마다 탱글탱글한 완두 구슬이 그득하다. 콩 그루를 뿌리째 뽑아 와서 팔기도 하는데 가격이 좀 더 저렴하다. 랩이 씌워진 받침 접시는 어디에도 없다. 한 탕기 만원에 사서 냉동실에 넣어놓고 밥 지을 때마다 몇 알씩 넣으면 연두 빛 보석으로 빛난다. 완두콩 밥을 먹을 때면 콩과 콩깍지에 얽

힌 칠보시(七步詩)가 떠오른다. 콩깍지를 태워 한 몸이었던 콩을 볶는 일이 요즘도 비일비재하다. 보수와 진보, 노와 사, 남과 북이 콩과 콩깍지의 관계가 아닐까 생각해본다. 완두콩이 다 떨어질 때쯤이면 아내는 호피 무늬의 호랑이 콩으로 제왕의 밥을 짓는다.

7월의 번개시장엔 열무와 찰옥수수가 찰떡궁합이다. 열무는 한 단에 3~4천원하고, 삶지 않은 옥수수는 크기에 따라 만원에 10개 정도 준다. 밭에서 갓 뽑아온 열무 뿌리엔 흙덩이가 묻어있고 까슬까슬한 잎사귀는 짙푸르고 싱싱하여 다시 밭으로 돌아갈 태세다. 마트에서 깨끗하게 잘 다듬어 비닐로 포장해 놓은 채소와는 비교가 안 될 만큼 생동감이 넘친다. 장마당 이곳저곳에서 옥수수 껍질을 벗겨내면 뽀얀 속살에선 단내가 풍기는데 마치 갓난아기의 배냇냄새를 닮았다. 아내는 옥수수를 삶고 난후 그 단물로 열무김치를 담그는데 정말 일미다. 호박잎과 감자와 옥수수를 함께 쪄서 열무김치를 곁들이면 7월의 점심 밥상은 어느새 타임머신을 타고 그 옛날 할머님을 만난다. 이렇듯 별미를 맛보고 추억 여행을 한지도 벌써 30여년이 흘렀지만 번개시장은 늘 새롭다.

시장엘 가면 기분전환이 된다. 계절마다 전해주는 다양한 맛과 향이 있고, 흥정과 감정 거래도 있으며, 뜻밖의 번개 상품에 뜻밖의 행복을 얻기도 한다. 시장엔 카타르시스도 있다. 사는 게 힘들고 지칠 때 시끌벅적한 도떼기시장을 몇 바퀴 돌고나면 어느새 마음은 긍정의 에너지로 재충전된다. 시장을 자주 찾으면 마음도 아름답게 바뀐다. 무엇인

가를 사서 누군가를 위해, 혹은 자신을 위해 음식을 만드는 그 마음은
사랑이기 때문이다. 시장엔 깨달음도 있다. 잠시 나왔다 사라지는 인
생도 번개시장을 닮았다.

포장지도 골라서 살 수 있다면

생명도 포장을 통해 진화해 왔다.

자신의 몸을 잘 감싸고 보호하는 동물의 가죽이나 새의 깃털도 포장의 일종이다. 특히 암컷을 유혹하기 위한 수컷의 포장기술은 가히 예술의 경지다. 스스로 이동할 수 없는 식물의 포장 시스템은 더욱 놀랍다. 씨앗이라는 상품을 보호하기 위해 겉껍질과 속껍질로 겹겹이 포장하여 보관하고 맛과 향과 화려한 디자인으로 동물이나 새를 유혹하여 자신의 DNA를 멀리까지 수송시킨다. 그렇다면 인간의 포장문화는 언제부터 시작되었을까? 원시 시대에도 동물의 가죽이나 나무껍질, 나뭇잎 등을 이용한 원시 포장문화가 있었을 것이다. 수렵 채취에서 정착 생활로 바뀌고 물물교환에서 다시 가공품이 생산되면서 보관과 유통을 위해 상업 포장이 필요했을 것이다. 특히 전쟁을 치르면서 전투식량, 의약품, 탄약 등 군수물자의 보급을 위해 다양한 포장 기술이 발전해 왔다. 20세기에 접어들면서 플라스틱이라는 획기적인 신소재가 발명되었고 포장문화에 일대 혁신을 가져오면서 천태만상으로 진화해 가고 있다.

예전엔 포장지도 귀했다. 1960년대만 해도 시골에서 가장 흔하게 쓰였던 포장재는 볏짚이었다. 계란 꾸러미도 볏짚으로 예쁘게 만들었고 새끼를 꼬아 상품을 묶는 끈으로 사용했으며 생선도 줄줄이 엮었다. 쌀도 볏짚으로 만든 가마니에 담았고 이엉을 엮어 초가지붕이나 토담을 덮었다. 대나무가 자라지 않는 강원도에선 싸리나무로 만든 종다래끼에 감자나 옥수수, 푸성귀 같은 농산물을 담는 도구로 이용했다. 가장 세련된 포장지는 천으로 만든 보자기였는데 시골학생들에게는 책가방을 대신하기도 했다. 보자기에 책과 도시락을 둘둘 말아 어깨에 가로질러 메고 다녔는데 방과 후 집에 갈 땐 빈 도시락 속에서 숟가락 부딪히는 소리가 "달그락 달그락" 요란했다. 물자가 귀했던 그 시절엔 뭐든 아껴 쓰고 웬만하면 수선해서 재사용하거나 다른 용도로 재활용했다. 그러고도 쓸모가 없어진 찌그러진 냄비나 닳아 못쓰게 된 고무신 등을 고물로 되팔았는데 지금 생각해보면 일종의 자원순환보증금제 같은 것이었다. 지게에 엿판과 고무줄, 성냥 등을 싣고 가위소리를 내며 시골 곳곳을 누비던 엿장수 아저씨가 생활 폐기물을 꼼꼼히 사들였고 고물상을 통해 수집된 폐기물은 공장으로 넘겨져 재활용되었다. 공산품이 귀했고 버려지는 쓰레기가 거의 없었던 시골에선 매립장이나 소각장이란 용어 자체가 없었다.

의식주 중에 포장문화가 가장 눈에 띄게 진화한 분야는 식품이다. 유통기간이 짧고 변질하기 쉬운 식품을 장기간 보관하고 멀리까지 안전하게 수송할 수 있는 포장 기술은 매우 중요한 판매 전략이다. 1960년대 초에 라면이 처음 출시되면서 본격적인 포장 식품 시대를 맞았다. 이후 다양한 상품이 등장하면서 양념을 만들고, 끓이고, 굽고, 볶는 등의 조리과정은 점차 줄어들었고 전자레인지 등에 간편하게 데워먹는 인스턴트나 레토르트 식품 등으로 진화해 왔다. 겨울 한철 땅에 묻었던 김칫독이 집안의 김치냉장고로 이동하더니 요즘은 계절에 상관없이 사계절 포장 김치를 사먹는다. 편리함에 길들여지면서 밥부터 찌개, 반찬까지 포장 식품들이 식탁을 점령해가고 있다. 포장 형태도 생활 패턴에 맞춰 진화하고 있다. 인구의 고령화, 1인가구의 증가 등 사회 환경의 변화에 따라 편리한 1회용이나 1식용의 소포장이 늘어나고 등산용, 낚시용, 여행용, 다이어트용 등 단위 포장 형태로 개별화, 고급화, 편리화 되면서 포장문화의 전성시대를 맞고 있다. 이제 예쁘고 고급스런 포장은 문화의 상징처럼 되었다. 그러나 소비자가 편리함에 취해있는 동안 포장지는 야금야금 비만해졌다.

포장문화도 다이어트가 필요하다. 상품의 보관이나 유통 같은 본래의 포장 기능 외에 마케팅 전략이 강조되면서 과대포장으로 변질되어 가고 있다. 간편한 소포장 문화가 정착하면서 포장횟수와 포장공간의 절대량이 많아졌고 그로인해 포장재 쓰레기가 넘쳐나는 포장 과잉시대에 살고 있다. 때로는 내용물보다 포장지가 더 화려해서 상품을 사는 것인지 포장지를 사는 것인지 헷갈릴 정도다. 그러나 소비자 입장에서 보면 포장지의 가치는 진열대 위에서 상품의 정보를 전달할 때까지이고 구매하는 순간 한낱 허무한 쓰레기로 전락하고 분리배출까지 해야 한다. 1회용 컵이나 비닐봉투 같은 것은 선별해서 안 쓸 수 있지만 포장지는 기업이 만들어 주는 대로 받아들이는 수밖에 없다. 포장지에 관한한 소비자는 왕이 아니고 봉이다. 21세기는 환경을 생각하는 가치소비가 필요한 시대다. 포장지도 소비자들의 의사가 반영될 수 있는 제도적 장치가 있었으면 좋겠다. 상품을 요모조모 따지고 골라서 사듯 포장지도 소비자가 선택해서 구매할 수 있는 방법은 없을까?

포장지 값은 얼마일까

　포장지에 대해서는 아는 게 별로 없다.

　가끔 대형마트를 방문해보면 모든 상품이 낱개로 포장되어있어 편리하다. 다루기 성가신 생선도 깨끗하게 손질하여 먹기 좋은 부분만 토막 내어 합성수지의 받침 접시에 소포장 되어있고, 소고기나 돼지고기 같은 육류도 부위별로 포장되어 선호하는 부위만 골라서 살 수 있다. 오랜 시간 끓여 번거롭게 육수를 만들어야 했던 국물 요리도 1~2인분을 기준으로 비닐봉지에 안전하고 위생적으로 포장되어 있어 집에서 데우기만 하면 쉽게 먹을 수 있다. 비스킷 종류는 대부분 포장지 안에 별도의 플라스틱 시트로 만든 트레이에 담겨있어 먹다 남은 것을 보관할 때도 편리하다. 소포장 단위로 여러 번 포장 할수록 사용과 보관이 편리한 것은 사실이다. 포장 식품의 맛도 많이 향상되어 번거로운 조리과정을 생략하고 간편히 먹을 수 있는 즉석식품의 유혹을 뿌리치기 어렵다.

　구매방법도 점점 편리해진다. 장바구니가 필요했던 전통시장에서 쇼핑백이 있는 대형 마트로 옮겨가더니 요즘은 휴대폰으로 주문만하면 문 앞까지 배달해주는 배달 앱을 이용한다. 지구 반대편의 상품도 마치 국제무역을 하듯 집에서 주문하고 집에서 받을 수 있는 기막히게 편리한 세상이다. 그러다보니 계획에도 없는 충동구매를 하는 경우도 많다. 홈쇼핑에서 주문한 신선식품을 받아서 테이프를 뜯고 스티로폼 박스를 열면 그 속엔 아이스 팩과 함께 내용물이 낱개로 다시 포장되어 있다. 한눈에 봐도 깔끔하고 위생적으로 보인다. 묘한 것은 포장이 겹겹이 잘 싸여있을수록 상품에 대한 신뢰가 은근히 높아진다는 것이다. 이런 것이 포장 중독일지도 모른다. 철저하게 포장한 그 정성에 감탄하지만 정리를 하고나면 널브러진 포장지 쓰레기가 수북하다. 특히 반듯하고 하얀 스티로폼 박스는 버리기에 정말 아깝지만 그렇다고 기약도 없는 재사용을 위해 모아둘 수도 없다. 쓰레기 집하장에 버리고 돌아설 땐 "누군가 저 스티로폼 박스를 재사용하겠지"라며 애써 위로한다.

소비자에게 포장 산업은 베일에 가려져 있다. 상품과 포장지가 같은 기업에서 생산하는 것인지 아니면 포장지만 생산하는 전문 업체가 따로 있는지 궁금할 때가 있다. 포장지는 온 몸을 바쳐 상품을 보호하고, 갖가지 디자인으로 광고해주고, 내용물의 정보도 꼼꼼히 알려 주지만 아이러니하게도 포장지 자신을 위한 광고는 하지 않는다. 포장지의 선택은 일반 소비자가 아니고 상품을 만드는 기업이기 때문일 것이다. 그러나 상품을 구매하고 그 포장 쓰레기를 분리 배출해야 하는 것은 소비자의 몫이다. 사실 포장지 가격이 궁금할 때가 있다. 치약이나 샴푸같이 계속 사용해야 하는 포장 용기는 소비자도 그 값을 일정 부분 치러야겠지만 구매 후 곧바로 버려지는 경우는 생각이 달라진다.

돈을 내고 포장 쓰레기를 구입하고 분리배출도 소비자가 하는 셈인데 불합리하다. 상품의 보관과 유통 등 포장의 본래 기능이 있지만 그것은 어디까지나 기업의 몫이고 큰 틀에서 보면 판매 전략이다. 따라서 1회용 포장지의 비용은 기업이 부담해야 하고 당연히 그럴 것이라 믿는다.

　포장 정보 중에 소비자가 가장 궁금한 것은 유통 기간과 가격이다. 식품의 경우 건강이 중요해지면서 칼로리나 나트륨 함량 등에 대해서도 꼼꼼히 살피는 소비자가 많아졌다. 유통 기간은 대개 눈에 잘 띄는 곳에 표기되어 있지만 분리배출 표시는 애써 찾아보지 않으면 눈에 띄지 않는다. 가격 표시는 바코드가 생기면서 마트의 진열대에만 붙어있고 포장지에서는 사라진지 오래다. 예전에는 포장지에 상품 가격이 표시되어 있었다. 바코드의 기능은 그대로 활용하되 포장지에 상품 가격과 포장지 가격을 별도로 표기해 주면 어떨까 한다. 1년 동안 포장지 값으로 버려지는 돈도 상당할 것이다. 소비자들은 포장지를 버릴 때마다 가격이 떠올라 재활용을 한 번 더 생각하고 분리배출도 더 철저하게 할 것 같다. 엉뚱하고 허황된 생각일까?

배달민족의 배달문화

바야흐로 배달의 시대다.

글을 배우면서 부터 배달의 민족, 배달의 겨레라는 말을 수없이 들으며 자랐다. 그 연원에 대해서는 정확히 알 수 없지만 상고 시대에 우리 민족을 달리 일컬었던 말이라고 한다. 그런데 공교롭게도 물건을 가져다 몫몫으로 나누어 돌린다는 뜻의 배달(配達)과 동음이의어다. 1970년대까지만 해도 배달의 삼총사하면 우편배달, 신문배달, 우유배달이었지만 이제 편지는 대부분 전자메일로 주고받고 신문은 인터넷으로 본다. 그러나 음식 배달은 오히려 괄목하게 성장하고 있다. 새참을 머리에 이고 논배미나 밭가로 날라다 주던 추억의 배달 시대도 있었지만, 1980년대부터 아파트 건설이 활성화되면서 주거가 밀집된 효율적인 배달 환경이 조성되었고 음식 배달은 호황을 누리기 시작했다. 이후 치킨이나 피자 같은 패스트푸드의 등장으로 새로운 전환점을 맞은 배달문화는 급성장하게 되었고, 코로나19로 비대면 사회가 일상이 되면서 거의 모든 종류의 음식이 포장되고 배달되는 또 다른 전환시대를 맞았다.

배달음식의 가장 큰 매력은 편리함이다. 식사 때마다 번거로운 조리

과정이나 설거지가 생략되어 편하다. 배달료가 만만치 않아 직접 찾아오는 포장 주문을 선택하기도 한다. 식당의 입장에서도 상을 차리고 나르는 서빙이 필요 없고, 설거지거리도 없애고, 음식물 쓰레기에 대한 부담도 덜게 된다. 손님과 식당 모두 편리하다. 문제는 플라스틱 쓰레기다. 배달 음식을 썩 좋아하는 편은 아니지만 가끔 패스트푸드나 중국 음식을 배달시켜 보면 한 끼 식사를 위해 따라오는 1회용 그릇이 참 많다. 자장면은 까만색 플라스틱 그릇에 담겨오고, 탕수육은 은박지를 씌운 또 다른 플라스틱 용기, 단무지와 양파는 하얗고 얇은 합성수지 접시, 그릇마다 씌워진 비닐 랩, 나무젓가락, 광고용 스티커 그리고 모든 것을 담은 최종 포장지인 비닐봉지까지 함께 배달된다. 먹고 나면 1회용품 쓰레기가 수북하다. 음식물 찌꺼기나 기름이 밴 플라스틱 용기는 재활용이 안 되므로 종량제봉투에 버려야 한다. 먹을 땐 편하지만 버릴 땐 불편해진다.

배달용 1회용품을 줄이기 위한 다양한 아이디어가 시도되고 있다. 환경부와 지자체, 배달 앱, 외식업계가 업무 협약을 맺어 다회용기 사용을 위한 시범사업을 실시하고 있다.[1][2] 주문 앱에서 스테인리스로 된 다회용기를 신청하고 먹고 난 후 문 앞에 내놓으면 전문 업체에서 수거하여 세척한 후 다시 음식점에 제공하는 방식이다. 그러나 소비자 입장에서는 세척이나 수거 등으로 인한 추가 비용의 발생과 위생문제에 대한 걱정도 있다. 이 외에도 다회용 택배상자에 대한 시범사업도 병행실시하고 있다. 또 다른 방안으로 배달 앱에서 '먹지 않는 기본 반찬 안 받기'라는 선택 기능을 추가하는 사업도 실시 중에 있다.[3] 예를 들어 피자나 치킨을 주문할 때 오이피클이나 무김치, 양념소스 등 먹지 않는 반찬을 안 받기하고 주문하면 그만큼 플라스틱 쓰레기를 줄일 수 있다. 이 방법은 당장 실천할 수 있고 간편하여 실효성이 높을 것으로 보인다.

배달문화는 주변 환경도 바꿔놓는다. 내가 사는 아파트 단지는 약 1700여 세대가 사는데 배달 오토바이 소음이 일상이 되었다. 특히 주말 저녁에는 오토바이 굉음이 더 심하고 엘리베이터도 분주하게 오르내린다. 코로나19로 배달 음식의 수요가 급증하면서 도로에도 오토바이가 부쩍 늘어났다. 운전 중에 갑자기 튀어나온 오토바이로 깜짝 놀랄 때도 종종 있다. 배달하는 입장에서는 시간을 쪼개서 신속하게 배달할수록 수입이 더 늘어날 테니 이런 현상은 쉽게 해결되지도 않을 것 같다. 사실 배달 음식은 플라스틱 쓰레기도 문제지만 온실가스 배출도 많다. 포장 음식의 발달과 간편함을 추구하는 소비자의 욕구가 맞물려 배달문화는 계속 늘어나고 다양화될 전망이다. 쓰레기 문제 때문에 플라스틱 이전 사회로 돌아갈 수 없듯, 1회용품 때문에 배달문화가 사라지지도 않을 것이다. 지속가능한 배달문화가 정착하려면 궁극적으로는 생분해되는 플라스틱이 개발되어야 하고 언젠가는 그렇게 될 것이다. 다만 그때까지가 문제인데 좋은 방법이 떠오르질 않는다.

아이스 팩을 나이스 팩으로

택배하면 떠오르는 것이 아이스 팩과 스티로폼 박스다.

신선식품이나 냉동식품의 소비량이 늘어나면서 택배 주문도 급성장하고 있다. 홈쇼핑의 식품 광고를 보노라면 없던 식욕도 저절로 생긴다. 싱싱하고 먹음직스러운 것은 기본이고 이용하기 쉽게 1회분이나 1식용으로 구분하여 간편하고 위생적으로 포장되어있다. 소파에 앉아 휴대폰으로 주문만하면 산골의 오지나 먼 바닷가의 계절 특산물부터 간식거리까지 온갖 먹거리들을 문 앞까지 배달해준다. 이렇듯 전국 각지의 신선식품을 집안에서 즐길 수 있는 것은 사통팔달로 뚫린 교통망의 역할도 크지만 하얀 스티로폼 박스와 손바닥만 한 아이스 팩의 공로도 무시할 수 없다. 택배 주문이 많지 않았던 10여년 전만하더라도 아이스 팩을 냉동실에 잘 보관하였다가 피서 철이나 야외 나들이 갈 때 재사용하곤 했는데 요즘은 넘쳐나는 아이스 팩도 골치 아픈 폐기물이 되었다.

가끔 계절 별미가 생각날 때 택배를 이용한다. 홈쇼핑을 보다가 갈치를 주문했는데 그 먼 제주도에서도 하루 이틀이면 문 앞까지 배달된다. 테이프로 감긴 커다란 택배 박스를 열면 제일 먼저 아이스 팩이 보이고 그 아래에는 싱싱한 갈치가 이용하기 편리하게 토막 내어 비닐로 재포장되어 있다. 냉장고에 차곡차곡 정리하고 나면 스티로폼 박스와 아이스 팩과 구겨진 비닐 테이프가 남는다. 신선식품이나 냉동식품의 택배를 받을 때마다 늘 고민되는 것이 아이스 팩의 처리문제다. 그냥 버리기에는 너무 깨끗하고 새것이라서 재사용하려고 몇 개 모아두었 다가도 냉동실 공간이 부족해지면 결국 버리게 된다. 막상 종량제봉투 에 넣으려면 이번엔 부피가 너무 크다. 아이스 팩 겉 봉지를 뜯어 내용 물은 하수구에 버리고 비닐 포장지만 따로 분리배출하고 싶은 충동을 느끼지만 냉매의 종류에 따라 분리배출 방법을 달리해야 한다. 아이스 팩에 사용되는 냉매는 기존의 고흡수성수지와 물로 만든 친환경 아이 스 팩 등이 혼용되고 있다.

　기존에 사용되던 고흡수성수지는 미세플라스틱의 일종이다. 이 냉 매는 자기 부피의 수십~수백까지 물을 흡수할 수 있기 때문에 소각하 기도 어렵고 하수구에 버려지면 강이나 바다로 흘러들어 생태계에 피 해를 주므로 반드시 통째로 종량제봉투에 버려야 한다. 아이스 팩의 사용량이 증가함에 따라 환경문제를 해결하기 위해 요즘은 내용물을 100% 물로 채우거나 물과 전분과 소금 등을 섞어서 만든 친환경 아이 스 팩이 생산되고 있다. 그러나 기존의 고흡수성수지보다 단가가 비싸 기 때문에 시중에 유통되는 아이스 팩 중 상당수는 여전히 미세플라스 틱이 들어있는 기존의 아이스 팩이 사용되고 있다.

　환경부에서는 친환경 아이스 팩의 생산과 소비를 촉진시키기 위해 2023년부터 고흡수성수지 아이스 팩에 폐기물부담금을 부과할 예정이다. 부과 요율은 1kg당 313원으로 300g의 아이스 팩 1개당 약 94원 꼴이다.[4] 폐기물부담금이 부과되면 기존 아이스 팩의 단가가 오르는 효과가 생겨 상대적으로 친환경 아이스 팩의 생산과 소비가 활성화될 것으로 기대한다.

아이스 팩은 재사용할 때 나이스 팩이 될 수 있다. 환경부 자료에 의하면 한해에 생산되는 아이스 팩이 2억 개 이상 될 것으로 추정하고 있는데 계속 늘어날 전망이다. 지자체에서 설치한 별도의 아이스 팩 전용 수거함이 있는 경우 그곳에 버리면 모아서 세척과 소독을 한 후 소상공인이나 대형 마트에 전달하여 재사용 된다고 한다. 아이스 팩의 재사용과 관련하여 자세한 내용은 한국환경공단에서 확인 할 수 있다.

가끔은 문 앞에 놓인 낯선 택배 박스를 보면 내가 뭘 주문했는지 기억나지 않을 때도 있다. 이 또한 과소비일 것이다. 이렇게까지 편리하고 풍족하게 먹고, 입고, 쓰며 살아도 되는지 불안하고 죄짓는 기분이 들 때가 있다. 함께 살고 있는 지구촌의 다른 생명들을 생각하면 인류의 발전은 벌써 멈추었어야 했는데 아무래도 브레이크가 고장 난 것 같다.

욕망도 1회용품처럼

모든 존재는 시간의 길고 짧음만이 있을 뿐 1회만 존재하는 1회용품이다. 사람도 그렇고 지구도 그렇다. 그래서 더 애착이 가고 소중한 것인지도 모른다. 그런데 언제부턴가 1회용품하면 플라스틱이 떠오르고 한번만 쓰고 버리는 쓰레기가 연상된다. 1970년대 이후 플라스틱 제품이 본격적으로 사용될 때쯤 '소비는 미덕' 이라는 슬로건이 등장하면서 쓰고 버리는 문화가 경제 활성화와 맞물려졌다. 특히 가격이 저렴한 플라스틱 소재는 한번만 쓰고 버리는 1회용품으로는 안성맞춤이었다. 소비자는 1회용품을 사용하면서 시간도 절약되고 설거지나 청소도 필요 없어지면서 선호하게 되었고 기업의 마케팅 전략과 잘 맞아떨어지면서 1회용품 산업은 급성장하게 되었다.

1회용품하면 가장 먼저 떠오르는 것이 플라스틱 빨대다. 2015년 코스타리카해안에서 해양생물을 연구하던 한 대원원생이 보트 위에 바다거북을 올려놓고, 콧구멍에 끼인 1회용 빨대를 빼면서 피를 흘리며 고통스러워하는 동영상을 유튜브 올렸다.[5] 전혀 예상치 못했던 이 장면은 며칠 만에 수백만 조회 수를 기록했고 1회용품 사용을 다시 생각해보는 계기가 되었다. "어떻게 도시에서 버려진 1회용 빨대가 먼 바다

속 거북이의 콧구멍에 끼일 수 있을까?” 무심하고 사소한 행동이 자연과 동물들에게는 심각한 피해를 줄 수 있다는 사실을 새삼 깨닫게 되면서 일부 도시에서는 플라스틱 빨대의 사용을 금지하는 조례를 통과시켰고, 스타벅스를 비롯한 대형 커피 전문매장에서도 플라스틱을 종이 빨대로 교체하는 등 전 세계에서 1회용 플라스틱 제품의 사용을 제한하는 계기가 되었다. 때로는 사진 한 장이나 짧은 동영상 한편이 다년간 연구한 논문보다 환경오염의 실상을 알리고 제도를 바꾸는데 더 큰 효과를 내기도 한다.

　1회용품은 커피와 환상적인 조합을 이룬다. 1회용 컵과 빨대가 세트를 이루면서 자동차든, 공원이든, 길거리든 장소에 구애받지 않고 사용할 수 있고 마신 다음에는 빈 용기를 쓰레기통에 던지면 끝이다. 너무도 편리하다. 커피는 기호에 따라 새로운 상품이 끊임없이 개발되고 세계적인 브랜드의 전문매장이 들어서면서 테이크아웃 문화가 정착되었고 1회용 플라스틱 컵 사용량도 증가하고 있다. 사실 1회용품 쓰레기 중 가장 많이 발생되는 것은 포장재이지만 대부분 가정에서 분리배출 된다. 그러나 테이크아웃 되는 1회용 컵은 일반쓰레기에 섞여 소각되거나 매립되고 일부는 길거리에 버려진다. 쓰레기 감량과 자원절약을 위해 1회용 컵 사용을 제한할 필요가 있지만 익숙해진 문화를 단번에 없애면 부작용이 따르므로 단계적으로 시도된다. 처음에는 무상 제공에서 유상 제공으로 바꾸고, 보증금제도를 통해 1회용품을 회수하여 재활용하고, 최종적으로 사용금지나 생산금지를 통해 완전히 퇴출시키는 정책을 실시한다.

우리나라도 1회용 플라스틱 컵에 대한 보증금제도가 실시될 예정이다. 당초 2022년 6월 10일부터 실시할 예정이었으나 여러 가지 보완사항이 필요하여 12월까지 6개월간 유예되었다. 보증금제도는 가격 인상의 체감효과가 있어 심리적으로 덜 사용하게 되고 적은 금액이지만 반납하지 않으면 손해 본다는 생각에 무단 투기를 줄일 수 있으며 빈 용기의 회수율도 훨씬 높일 수 있다. 1회용 플라스틱 컵 외에 1회용 종이컵, 플라스틱 빨대, 젓는 막대는 2022년 11월부터 커피전문점 등 식품접객업소 매장에서 사용이 금지될 예정이다. 기존에 대규모 점포와 슈퍼마켓에서만 금지되었던 비닐봉지도 편의점 등의 종합소매업과 제과점에서도 사용이 금지되었고 대규모 점포에서는 우산비닐 사용도 금지되었다. 2030년에는 상업용 비닐봉투의 사용이 전면 금지될 예정이다.

환경문제는 대부분 사후약방문인 경우가 많다. 절제하기 어려운 욕망과 결부되어 있기 때문이다. 플라스틱 쓰레기 문제도 그렇고 기후변화도 그렇다. 욕망도 1회용품처럼 한번만 쓰고 버릴 수 있으면 좋으련만.

바람 바람 바람

소유와 바람은 다른 듯 닮았다.

시원한 바람이 그립던 어느 해 여름이었다. 지친 몸과 마음을 쉬려고 혼자 오대산 월정사에 템플스테이를 간 적이 있었다. 집에서 에어컨을 틀어놓고 편안하고 시원하게 보낼 수도 있었지만 대개는 몸만 쉬고 마음은 번거로운 경우가 많았다. 고요한 산사에 밤이 찾아오고 텅 빈 방에 홀로 앉으니 평소 무심했던 것들이 새삼스러웠다. 꼭 필요하지 않은 소유가 의외로 많다는 것에도 놀랐다. 물건도 그렇고 관계도 그랬다.

바람이 지나치면 광풍이 된다. 조선 정조 때 홍국영이란 분은 젊은 나이에 잠시나마 권문세도를 누렸다 한다. 한때는 뇌물을 들고 그의 집을 찾는 사람들이 소낙비처럼 몰려왔지만 불과 몇 년 만에 권력에서 쫓겨나 모든 부귀영화가 회오리바람처럼 사라졌다. 이를 풍자하여 나온 말이 소낙비와 회오리바람의 합성어인 취우표풍(驟雨飄風)이다. 날아가는 새도 떨어트릴 권력 앞에 은밀하고 굉장한 유혹이 얼마나 많았을까. 나였다면 뿌리칠 수 있었을까?

바람이 소박하면 청풍이 된다. 옛날 도포는 옷소매가 넓고 깊어서 중요한 물건을 감추기도 하였는데 그 소맷자락에서 맑은 바람이 이는 것을 양수청풍(兩袖淸風) 또는 청풍양수(淸風兩袖)라 했다. 뇌물을 전혀 받지 않았다는 비유로 청렴한 관리를 이르는 말이다.

바람이 바람을 일으키면 유행 바람이 된다. 미국에서는 한 때 자발적 간소함(voluntary simplicity)이란 바람이 붐을 일으킨 적이 있었다. 가족과 가급적 많은 시간을 보내기 위해 가진 것들을 기부하고 승진과 해고의 스트레스에서 벗어나 자유롭게 여행을 떠나거나 자연에서 간편하게 사는 풍조였다. 소유에 집착할수록 그 소유물이 다시 나를 소유하고 그 과정은 꼬리를 물고 반복된다. 풍족하게 쓰면서 허우적거리며 살기보다는 소유를 줄여서 제정신으로 산다는 것이다. 이러한 현상은 요즘에 또 다른 바람을 일으키고 있다. 불확실한 미래를 위해 지금을 희생하기보다는 적게 소유하는 대신 오늘을 즐기며 살자는 욜로(yolo, you only live once), 작지만 확실한 행복을 누리자는 소확행(小確幸), 일과 여가 생활의 밸런스를 맞추어 인생을 즐기자는 워라밸(work and life balance) 등의 새 바람이 그렇다. 자연 속에서 사는 모습을 방영하는 TV프로그램도 있다. 도시 생활에서 치열한 경쟁과 복잡한 인간관계에서 오는 스트레스로 몸과 마음이 병들고 지쳤던 사람들이 불필요한 것들을 내려놓고 산속으로 들어가 자연과 더불어 살면서 건강도 회복하고 마음의 평온도 되찾는다는 내용으로, 은퇴자들에게 또 다른 유행 바람을 일으키고 있다.

관계의 바람도 있다. 통신기기의 발달로 인간관계가 사통팔달로 연결되면서 툭하면 이 바람과 저 바람이 부딪혀 회오리바람을 일으키곤

한다. 행복하기 위해 관계를 맺지만 나의 바람과 상대의 바람이 상충되거나 증폭되면 오히려 상처를 주고받고 원수가 되기도 한다. SNS에서 경험하듯 '있는 그대로의 나' 보다 '보여 지고 싶은 나' 에 대한 바람이 지나치면 마음은 점점 고단해진다. 바람이 없는 관계가 자신이 없다면 관계도 다이어트가 필요할 것 같다.

　바람의 화신이 도깨비방망이다. 뭐든 바라는 대로 뚝딱 이루어진다면 행복할까? 욕망은 시시포스의 신화처럼 반복될 것이다. 옛날의 황제보다도 더 편리하고 신기한 문명의 이기를 누리고 살지만 끝없이 비교되면서 예전보다 더 많은 것을 보고 들어야하는 괴로움도 있다. 전보다 아무리 넉넉하고 풍족해도 남보다 부족하면 바람이 인다. 평생을 나그네처럼 살다 가신 법정 스님께서는 '무소유란 아무 것도 갖지 않는 것이 아니라 불필요한 것을 소유하지 않는 것' 이라 하셨다. 그러나 어리석은 중생은 불필요한 소유가 무엇인지 아는 것조차 쉽지 않다. 10여 년 전쯤 『멈추면 비로소 보이는 것들』이란 책이 베스트셀러가 된 적이 있었다. 가끔은 바람과 집착으로 부터 한 발짝 물러서 멈추어 보면 불필요한 소유가 무엇인지 보일 것도 같지 않은가.

제**7**부

환경법과
관련 정책들

헌법에 명시된 환경권

국제협약과 국내 환경법

자원재활용법의 주요 제도

자원순환기본법의 주요 제도

과대포장의 다이어트 정책

인벤토리 보고서란

지구는 한 몸

헌법에 명시된 환경권

법이 넘쳐나는 법 세상이다.

인간은 집단의 질서 유지를 위해 규범을 만드는 특별한 동물이다. 법이 정확하게 언제부터 생겼는지는 알 수 없지만 현재까지 전하는 가장 오래된 성문법은 약 4,000년 전의 함무라비 법전으로 전해진다. '눈에는 눈, 이에는 이'라는 유명한 구절로 잘 알려진 이 법전은 280여 개의 판례법으로 구성되었다고 하는데 그 당시 사회로서는 매우 상세한 내용이란 생각이 든다. 욕망이 부대끼는 인간 사회에서 법은 도덕의 최소한이라 불린다. 그러나 법이 항상 정의를 위해 존재했던 것은 아니었다. 왕권시대나 독재자에겐 권력을 유지하기 위한 수단으로 악용되기도 했고 특히 노예제도를 인정했던 법은 악법이었다. 과학과 경제가 발전하고 사회가 복잡해지고 관계가 얽히고설키면서 법도 전문적이고 세분화되고 있다. 국가 운영이나 사회규범 외에도 개인의 출생, 교육, 건강, 복지, 행복추구 그리고 사망의 순간까지도 법으로 관리되고 있다. 많은 분야에서 법이 판단의 기준이 되었고 다툼이 생기면 으레 "법대로 하자"는 말이 자연스럽게 들리는 법의 세상이다. 그러나 천태만상으로 변하는 세상사와 끝없이 증식하는 인간의 욕망을 법으로 다 관리하고 통제할 수는 없을 것이다.

　5천만의 인구가 생활하는 데는 얼마나 많은 법이 필요할까? 2022년 10월 26일 현재 법제처의 국가법령정보센터에 등록된 법령 통계를 보면 최고 상위법인 대한민국헌법 1건에 대통령령, 총리령, 부령 등이 포함된 법령이 5,234건, 조례, 규칙, 훈령 등의 자치법규가 132,690건으로 총 137,924건이나 된다. 가히 상상을 초월한다. 그러나 이 숫자도 계속 늘어나고 있는데 최근 10년간의 통계를 보면 매년 새로 태어나는 법령이 100여건 내외로 평균 3~4일에 1건씩 만들어지는 셈이다. 법의 규제가 워낙 촘촘한 그물 같아서 법망(法網)이란 표현이 있는지도 모르겠다. 그 많은 법령들은 일상생활부터 나라 살림이나 국제관계에 이르기까지 모두 44개 분야로 세분화되어 있으며 환경 분야도 그중하나다. 헌법에 환경권이 처음 등장한 것은 1980년이다. 당시 제33조에서 '모든 국민은 깨끗한 환경에서 생활할 권리를 가지며 국가와 국민은 환경보전을 위하여 노력하여야 한다.'로 명시하였다. 현재는 제35조에서 '깨끗한 환경'이란 문구를 '건강하고 쾌적한 환경'으로 바꾸어 환경과 더불어 국민의 건강을 강조하고 있다. 환경권은 생명의 원천인 자연 생태계를 보호하고 지구를 지속가능한 행성으로 유지하기 위해 반드시 지켜야 할 이타적 권리다.

　우리나라 최초의 환경법은 1961년 제정된 「오물청소법」이다. 거리를 청소하고 쓰레기를 줍는 위생 개념으로 시작되었다. 이후 1963년 매연이나 오염물질 등을 관리할 목적으로 제정된 전문 21조의 「공해방지법」이 있었으나 유명무실하였고, 1977년 전국적으로 자연보호 운동이 전개되면서 그해 연말 「환경보전법」과 「해양오염방지법」이 제정되면서 형식적이나마 구색을 갖추게 되었다. 이때 '공해(公害)'란 용어를 '환경오염'으로 바꾼 것도 의미가 있다. 1980년 헌법의 기본권에 환경권이 신설되면서 환경 입법의 중요한 모멘트가 되었고 경제개발에 따른 급속한 산업화로 다양한 환경문제가 발생함에 따라 환경법도 분야별로 세분화할 필요가 생겼다. 1986년 「폐기물관리법」이 새로 제정되었고, 1990년 「환경보전법」을 해체하여 환경정책의 기본 이념을 담은 「환경정책기본법」을 필두로 「수질환경보전법」, 「대기환경보전법」, 「소음·진동규제법」, 「유해화학물질관리법」, 「환경오염피해분쟁조정법」 등으로 세분화되어 제정·공포되면서 본격적인 환경법 시대가 열렸다. 전문 21조로 출발했던 「공해방지법」이 지금은 수백 종류가 넘는 환경법령과 수천~수만 개의 조문으로 늘어났다.

　법이 많은 세상은 살만한 세상일까? 긍정적인 면과 부정적인 면이 공존할 것이다. 법이 많다는 것은 그만큼 다툼이 많다는 것이고 한편으론 억울한 사람들이 호소할 수 있는 방법이 늘어났다는 것이기도 하다. 환경 분야만 하더라도 예전에는 무시되거나 참고 살았는데 기본권에 환경권이 부여되면서 당연한 권리를 누릴 수 있게 되었고 피해 구제도 해주는 긍정적인 측면이 있다. 그러나 환경법이 늘어난다는 것은 예전엔 없었던 새로운 오염원이 생겨나는 것이므로 부정적인 측면도 있다. 갈수록 폐지되는 법보다 새로 탄생하는 법이 점점 더 늘어나는 데는 일정 부분 욕망의 그림자도 작용될 것이다. 우리나라 최초의 성문법으로 알려진 고조선의 8조 법금과 비교해보면 지금은 13만 7천여 가지가 넘는 방대한 분량의 법이 필요하다. 그만큼 사회가 세분화되고 복잡해지면서 이해관계가 얽히고설켜있다. 500년 전에 사셨던 조상님들보다 지금을 살고 있는 후손들의 욕망이 500배쯤 더 커진 것은 아닐까? 법이 법을 낳고 그 법에서 또 다른 법이 파생되어 세포가 분열을 하듯 증식되면서 법의, 법에 의한, 법을 위한 법 세상이 되어가고 있다. 그러나 세상에는 '법 없이도 살 사람'들이 훨씬 더 많기에 또한 살만한 세상이 아닐까.

국제협약과 국내 환경법

하나뿐인 지구(Only One Earth)!

지구 환경과 관련하여 이보다 더 간결하고 많은 메시지가 함축된 슬로건은 앞으로도 없을 것이다. 모든 지구인들을 하나로 만들고 지구 환경을 위해 뭔가 해야 할 것 같은 의무감을 북돋운다. 1972년 6월 5일 이 슬로건을 내걸고 스웨덴의 스톡홀름에서 전 세계 113개국의 대표가 모여 최초로 국제 환경회의를 개최하였고 지구 환경 보호를 위한 '인간환경선언'을 채택하였다. 국제적인 노력을 총괄할 유엔환경계획(UNEP)이라는 기구를 만들었고 그해에 UN기구로 채택되면서 지구 환경 보전을 위한 국제적인 노력의 시발점이 되었다. UN총회에서는 이 회의가 개최된 6월 5일을 '세계 환경의 날'로 지정하였다. 50여 년 전의 명제지만 여전히 큰 울림을 준다.

하나뿐인 지구를 지키려면 지속가능한 발전이 필요했다. 1987년 세계환경개발위원회(WCED)에서 작성한 보고서에 '지속가능한 발전'이란 개념이 처음 등장하면서 그동안 개발과 환경보호라는 상충된 정책으로 혼란스러웠던 지구촌에 가이드라인을 제시했다. 1992년 브라질의 리우데자네이루에서는 인간환경선언이후 20년 만에 유엔환경개발회의(UNCED)가 개최 되었다. 이 회의에서 지속가능한 발전을 모토로 지구 환경을 보호하자는 리우선언과 이를 실천하는 구체적인 행동 계획인 의제 21(Agenda 21)이 채택되었다. 유엔에서 지속가능한 발전을 기본 이념으로 삼는 계기가 되었고 지구온난화 방지를 위한 기후변화와 생물다양성 협약도 함께 채택하였다. 오존층이 뚫리고, 극지방의 빙하가 녹고, 평균 기온이 올라가면서 여러 가지 기상이변이 속출하였고 지구 환경문제에 대한 세계의 관심이 높아지면서 그 대책 마련을 위해 다양한 국제 환경협약이 필요해졌다. 이런 협약들은 처음에는 상징적이고 선언적 의미가 컸으나 환경문제가 점점 심각해지면서 협약 당사국들을 구속하는 국제규범의 역할을 하게 되었고 결국 당사국들의 국내법에도 영향을 미치게 되었다.

국제협약은 국내 입법으로 수용된다. 우리나라는 1996년 OECD에 가입하면서 사실상 개발도상국의 지위에서 벗어났고 이후 환경정책에도 많은 변화를 가져왔다. 혜택을 받던 나라에서 혜택을 주는 나라가 되면서 그동안 축적된 경험과 기술력 등을 토대로 개발도상국에 다양한 환경 지원 사업을 펼치면서 국제적 위상도 높아졌고 국제 환경협약에도 적극적으로 참여하고 있다.

중요한 몇 가지를 살펴보면, 1971년 물새 서식지 등 국제적으로 보호 가치가 큰 습지 보호를 위해 람사르협약이 체결된 이래 우리나라도 1999년 「습지보전법」을 제정하였다. 1987년에는 오존층 파괴 물질의 규제를 위한 몬트리올 의정서가 채택되었는데 원인 물질을 배출하는 자동차나 냉장고 등 가전제품의 수출이 많았던 우리나라는 1992년

「오존층보호법」을 제정하였다. 1992년 리우선언에서 채택된 생물다양성 협약을 국내법으로 수용하면서 2004년 「야생 동·식물보호법」을 별도로 제정하여 포괄적 관리에서 구체적 개별 규정으로 바꿨으며 이후 내용을 보완하여 2011년 「야생생물법」으로 개정되었다. 1989년 3월에는 스위스 바젤에서 유해 폐기물의 국가 간 이동을 엄격히 제한하는 바젤협약을 채택하였고 우리나라는 1994년에 이 협약을 이행하기 위해 「폐기물국가간이동법」을 제정하였다.[1]

하나뿐인 지구에 가장 시급한 환경문제는 기후변화다. 1988년 세계기상기구(WMO)와 유엔환경계획(UNEP)에서 기후변화에 관한 국가 간 협의체(IPCC)를 공동 설립하였고 세계 각지의 자료를 토대로 기후변화에 관련된 연구 보고서를 5~7년 주기로 발간하고 있다. 제1차 평가 보고서로 1992년 유엔기후변화협약(UNFCCC)이 채택되었고, 제2차 평가 보고서는 1997년 교토의정서를 채택하는 계기가 되었다. 교토의정서에 가입한 우리나라는 2009년 「저탄소 녹색성장 기본법」을 제정하였고, 2015년 파리기후협정이 채택되면서 2020년 '2050탄소중립'을 선언하였으며 2021년 기존의 「저탄소 녹색성장 기본법」을 보완하여 「탄소중립기본법」을 제정하였고 2022년부터 시행에 들어갔다. 새로운 환경문제와 함께 국제협약이 증가되면서 선진국 대열에 들어선 우리나라는 예전보다 감당해야할 국제적 책임이 점점 더 늘어나고 있다.

지구가 하나뿐인 것은 어쩌면 다행일지도 모른다. 만약 달을 비롯한 인접한 위성이나 행성에도 지구와 같이 바다가 있고 생명이 살 수 있었다면 어떻게 되었을까? 절실하게 지구를 지키기보다는 이사 갈 생각부터 했을 것이다. 다른 행성에 훨씬 더 많은 돈과 기술을 투자했을 것이고 특별한 소수의 사람들은 이미 신천지로 이주했을지도 모른다. 반면 지구는 쓰레기가 넘쳐나고 곳곳에서 환경재앙이 발생하고 기후변화로 많은 생명이 멸종되어 가고 있을 것이다. 어쩌면 핵전쟁으로 이미 폐허가 됐을 수도 있다. 지구가 하나 뿐인 것은 함께 사는 지구촌의 수많은 생명들에게도 천만다행이다. 단 하나뿐이라서 더 특별하고 더 소중하다. 나의 존재가 그렇듯이.

자원재활용법의 주요 제도

제도가 성공하려면 널리 알려져야 한다.

폐기물이 단순히 처리해야 할 대상에서 재활용할 수 있는 자원으로 인식되면서 기존의 「폐기물관리법」과는 별도로 「자원재활용법」이 제정되었다. 이 법령에서는 폐물의 재할용을 촉진하기 위한 다양한 제도가 시행되고 있는데 그 중 대표적인 것이 포장재의 재질·구조 평가, 폐기물부담금, 분리배출표시, 자원순환보증금, 생산자책임재활용 등이다. 재활용을 촉진하고 지속가능한 자원순환 사회를 이루기 위해서는 생산자, 소비자, 지자체, 정부 등이 일정부분 역할 분담을 하여 상호 유기적으로 협조하어야 성과를 낼 수 있을 것이다. 아래에 소개된 각종 제도에 대한 법령 내용은 별도의 언급이 없어도 수입업자나 수입제품에 대해서도 국내 제조업과 동일하게 적용된다.

• 포장재의 재질 · 구조 평가 (동법 제9조)

플라스틱 쓰레기 중에 가장 많은 것이 포장재다. 포장재는 재질이 다양하여 버릴 때 분리배출도 복잡하고 종류별로 따로 수거하기도 어렵기 때문에 재활용률을 높이려면 제품의 설계 단계부터 아이디어나 규제가 필요하다. 이런 점을 강조하기 위해 실시된 제도가 포장재의 재질 · 구조 평가제다. 포장재의 재활용 용이성을 최우수, 우수, 보통, 어려움의 4단계로 평가하고 이를 포장재에 분리배출 마크와 함께 표시하여 소비자는 재활용 우수제품을 선택하고 기업은 재활용이 용이한 포장재를 개발하도록 유도하기 위한 제도다.

• 폐기물부담금 (동법 제12조)

모든 용기를 다 재활용할 수는 없다. 폐기물 중 특정유해물질 및 유독물이 들어 있거나 재활용이 어렵고 폐기물의 관리상 문제를 초래할 가능성이 있는 제품 · 재료 · 용기에 대하여 그 폐기물의 처리에 드는 비용을 매년 제조업자에게 부과 · 징수하는 제도다. 이 제도는 유해 물질이 함유된 제품의 제조 또는 수입업자에게 경제적 부담을 부과함으로써 제품의 제조 시 유해 물질의 사용을 억제하는 효과를 거두기 위함이다. 의무 조항으로 명시된 제품들을 보면 유리병이나 플라스틱 용기를 사용하는 살충제(농약은 제외)와 금속 캔을 포함한 유독물 제품들이다. 또 일상생활에서 쉽게 접하는 상품 중에는 부동액, 껌, 1회용 기저귀, 담배, 플라스틱 제품 등이 대상이며 2023년부터는 냉매로 고흡수성 폴리머를 사용한 기존의 아이스 팩이 추가될 예정이다.

• 분리배출표시 (동법 제14조)

재활용은 분리배출로부터 시작된다. 생산자책임재활용제도의 효율적인 수행을 위해서는 분리배출과 분리수거가 선행되어야 한다. 이러한 목적으로 2003년부터 제품이나 포장재에 따라 재활용 가능 재질이라는 표시를 하여 누구나 쉽게 구분하고 분리배출 할 수 있도록 한 것이 분리배출표시 제도다. 2010년 분리배출표시에 관한 지침을 개정·고시하여 지금에 이르렀다. 현재 분리배출표시제를 시행 중인 재질로는 합성수지, 캔류, 종이, 유리 등이며 캔류는 철과 알루미늄으로, 종이는 종이팩과 종이로 구분하고 있으며 유리는 자원순환보증금(개정 전 빈용기보증금)에 가입된 것을 제외한 유리가 해당된다. 합성수지는 좀 복잡하다. 일단 페트(PET), 플라스틱, 비닐류로 분류한 다음 플라스틱과 비닐류는 각각 HDPE, LDPE, PP, PS, PVC, OTHER로 세분된다. 분리배출표시의 도안이나 색상 등의 지침은 환경부 고시로 규정하고 있는데 상품의 포장재에서 쉽게 찾아볼 수 있다. 제품에 분리배출의 라벨을 표시하여 소비자에게 재활용에 대한 긍정의 메시지를 전달하고 기업으로 하여금 환경에 유해한 제품의 생산을 억제하려는 제도다.

• 자원순환보증금 (동법 제15조)

자원이 순환되려면 일단 회수가 잘 되어야한다. 깨끗한 병은 씻어서 재사용할 수 있는데 병을 재사용 할 경우 제조업자의 입장에서는 당연히 원가가 절감되고 폐기물도 그만큼 줄일 수 있어 일거양득이다. 사용된 용기의 회수 및 재사용을 촉진하기 위하여 출고가격과는 별도로 일정한 금액을 제품 가격에 포함시켜 판매한 뒤 용기를 반환하는 자에게 빈용기에 대한 보증금을 돌려주는 제도다. 예를 들면 소주병은 100원, 1회용 컵은 300원 등의 보증금을 제품가격에 포함시키고 소비자가 빈용기를 반납하면 보증금을 돌려받는 제도다. 반납하지 않으면 보증금은 기업의 수입으로 돌아간다. 작은 금액이지만 그냥 버리면 손해 보는 느낌이 들어 빈용기의 무단 투기가 현저히 줄어들고 회수율이 높아져 재활용 시스템의 선순환이 이루어진다. 빈용기보 증금은 유리병의 재사용으로 원가절감을 위해 기업체에서 자발적으로 실시했던 반면, 1회용 컵 보증금은 쓰레기를 줄이고 자원을 재활용하기 위한 사회적 요구가 반영된 공익성의 보증금 제도다. 기존의 빈용기 보증금과 1회용 컵 보증금을 통합하여 명칭도 '자원순환 보증금'으로 변경하였다. 이 제도는 당초 2022년 6월부터 시행될 예정이었으나 전국 매장에서 1회용 컵의 관리나 인건비 등의 문제를 제기하면서 12월까지 시행 시기를 6개월간 유예하였다. 다양한 방안이 검토되어 합리적인 지원과 보완책으로 제도가 성공적으로 정착되길 바란다.

• 생산자책임재활용 (동법 제16조)

쓰레기도 재질이나 구조가 단순하고 회수 체계가 편리해야 재활용 효율을 높일 수 있다. 제조업자가 생산 단계서부터 제품과 포장재가 재활용에 적합하도록 개선하고 발생한 폐기물을 회수, 재활용하도록 하는 의무조항을 두고 있다. 일종의 원인자부담원칙이다. 이 법률이 1993년 처음 시행될 당시 폐기물관리 기금의 예치금 형태로 운영해오던 것을 2003년부터는 제품 출고량 중에서 재활용해야 하는 양을 미리 정하여 재활용 의무률로 산정하고 이를 이행하지 않을 경우 재활용에 소요되는 비용 이외에 추가로 재활용 부과금을 부과하는 생산자책임재활용 제도로 바뀌었다. 종전의 폐기물처리에 대한 생산자의 의무 범위를 확대하여 폐기물의 재활용까지 책임지게 하는 제도다. 재활용 의무 대상 제품 및 포장재의 내용은 동법 시행령 제18조에서 확인

할 수 있다.

　시스템을 움직이는 것은 결국 돈이다. 폐기물의 재활용부터 최종 매립까지 전 과정에 에너지가 소모되고 돈이 들어간다. 재활용에 드는 비용이 원재료의 생산 원가보다 비싸다면 실효성을 거두기 어렵다. 재활용을 위한 좋은 아이디어가 계속 발굴되길 바란다.

자원순환기본법의 주요 제도

쓰레기는 발생 억제가 최선이다.

폐기물과 관련된 법률의 제1조에서 공통적으로 강조하는 내용은 '폐기물의 발생을 최대한 억제하고' 란 표현이다. 그 다음이 재사용이나 재활용을 권장하고 그것마저 여의치 않을 때는 최종적으로 소각이나 매립 처분을 한다. 1993년부터 시행된 자원재활용법이 재활용에 초점을 맞췄다면 2018년부터 시행된 자원순환기본법은 폐기물을 순환자원으로 이용하여 천연자원과 에너지의 소비를 줄이고 지속가능한 자원순환 사회를 만드는데 그 목적을 두고 있다. 이 법률은 기본 원칙에서 재활용 이전에 재사용이나 재생 이용을 강조한 점이 특이하다. 자원순환 사회로의 전환을 위해 국가 및 지방자치단체의 책무, 사업자의 책무, 국민의 책무 등을 규정하고 있다. 주요 내용은 순환자원인정제도, 자원순환 성과관리제도, 폐기물처분부담금제도, 순환자원의 품질표지인증제도 등이 있다.

• 순환자원 인정제도(동법 제9조)

재활용보다 앞선 가치 개념이 순환자원이다. 사람의 건강과 환경에 유해하지 않거나 경제성이 있어 유상 거래가 가능하고 방치될 우려가 없는 폐기물 등에 대해 검사 결과 등 일정한 절차를 거쳐 순환자원으로 인정하는 제도다. 폐기물이 순환자원으로 인정받으면 기존의 폐기물에 대한 각종 규제의 굴레에서 벗어나 원자재와 같이 자유롭게 보관하고 유통시킬 수 있는 등 사용에 제한을 덜 받게 된다. 순환자원을 인정받으려면 유역·지방환경청에 신청하면 된다.

• 자원순환 성과관리(동법 제14조)

폐기물의 발생을 억제하고 순환 이용을 촉진하기 위하여 국가가 중장기·단계별 자원순환 목표를 설정하고 그 목표에 맞춰 자원순환 목표를 설정하게 하여 관리하는 제도다. 다만 시·도의 성과관리는 지역 여건 등을 고려하여 자율적으로 설정·관리하는 반면 다량 배출 사업자의 성과관리는 정부로부터 부여 받은 자원순환 목표를 이행해야 한다. 동법에서 규정하는 국가의 자원순환 목표는 폐기물 발생량 대비 폐기물 최종 처분량의 비율인 '최종처분율'과 폐기물발생량 대비 폐기물 순환 이용량의 비율인 '순환이용률'이 있다.

• 순환자원의 품질표지인증(동법 제20조)

순환자원의 품질과 기술 경쟁력을 강화하기 위한 제도다. 사업자의 신청이 있을 경우 인증기관의 심사를 거쳐 순환자원에 관한 정보를 표시하는 품질표지를 인증해 주는 제도다. 품질표지에 표시할 수 있는 정보는 이물질 함유량, 유해 물질 함유량, 크기, 규격 등 순환자원의 성상 등이며 품질표지의 인증을 받은 순환자원은 「녹색제품 구매촉진에 관한 법률」에 따라 공공기관에 우선 구매를 요청할 수 있으며 민간

단체나 기업에게도 우선 구매를 권유할 수 있다.

• 폐기물처분부담금(동법 제21조)

폐기물의 소각이나 매립을 줄이고 재활용을 유도하기 위한 제도다. 이 제도는 자원재활용법의 폐기물부담금과 명칭은 비슷하지만 그 내용은 전혀 다른 것이다. 자원재활용법의 폐기물부담금은 유독물 취급 등 원천적으로 재활용이 어려운 제품이나 용기에 대해 폐기물 처리 비용을 부과하는 제도인 반면, 이 제도는 소각 또는 매립의 방법으로 폐기물을 처분하는 처리 의무자인 지자체 및 사업장폐기물 배출자에게 처리되는 폐기물의 1kg당 비용을 산정하여 부담금을 부과하는 제도다. 처리 의무자로 하여금 최대한 재활용할 수 있도록 유도하기 위함이다. 즉 폐기물을 재사용하거나 재활용을 통해 자원으로 순환시킬 수 있음에도 불구하고 소각이나 매립 처리를 하는 경우에 그 만큼의 비용을 부담케 하는 일종의 벌칙성 부과금 제도라 할 수 있겠다. 다만 자원재활용법에 따라 폐기물부담금이 이미 부과된 경우와 생산 규모가 작은 중소기업 제품의 경우는 폐기물처분부담금을 감면할 수 있는 것이 특징 중 하나다.

모든 것이 과하고 넘치는 시대다. 동법 제7조에 명시된 국민의 책무 중에는 1회용품 사용자제, 폐기물이 적은 제품의 우선 구매, 분리배출 등의 내용이 있는데 가장 눈길을 끄는 것은 '제품을 내구연한까지 최대한 사용하자' 는 문구다. 1970년대만 해도 우유는 유리병에 담아 집집마다 배달했으며 빈병은 다시 회수하여 알뜰히 재사용 했다. 닳아서

못쓰게 될 때까지 사용하는 것이 당연한 시절도 있었다. 지금은 한번
만 쓰고 버리는 것이 문화다. 이래도 괜찮을까?

과대포장의 다이어트 정책

포장도 다이어트가 필요한 시대다.

포장은 상품을 보호하고 유통과 취급을 편리하게 하며 아름다운 디자인으로 판매를 촉진하고 내용물에 대한 정보를 제공하여 부가가치를 높인다. 따라서 포장을 상품의 보디가드이자 세일즈맨이라 부르기도 한다. 한국산업표준규격(KS T 1001)에서 정의하는 포장이란 '물품의 수송, 보관, 취급, 사용 등에 있어서 그것의 가치 및 상태를 보호하기 위하여 적절한 재료, 용기 등을 물품에 부여하는 기술 또는 그 상태. 이것을 낱포장, 속포장, 겉포장의 3종류로 대별한다.' 고 설명하고 있으며 영어로는 packaging에 대응한다고 명시하고 있다.[2] 여기서 낱포장은 단위 포장이고 속포장은 내부 포장이다.

포장의 종류는 크게 공업포장과 상업포장으로 나뉜다. 공업포장은 물품의 수송이나 보관을 목적으로 하는 포장이며 상업포장은 상거래에 이용되는 포장으로 일명 소비자 포장으로 불린다. 이를 다시 세분하면 품목에 따라 식품포장, 의약품포장, 화장품포장 등이 있고, 포장재료에 따라 종이포장, 합성수지포장, 금속포장 등으로 구분되며, 포장기법에 따라 진공포장, 무균충전포장, 가스치환 충전포장, 레토르트

살균포장 등 수십~수백 종류로 분류된다.[3]

포장문화도 공익과 사회성을 추구해야 할 의무가 있다. 많은 나라에서 과대포장을 금지하는 법안을 제정하여 시행하고 있고 우리나라도 포장 폐기물의 발생 억제를 위해 1992년 「자원의 절약과 재활용촉진에 관한 법률」을 공포하였으며 1993년에는 총리령으로 「제품포장규칙」이 고시되어 자원절약과 친환경적인 포장문화를 정착하기 위해 포장재질과 포장방법에 대한 기준, 합성수지포장재의 연차별 줄이기, 포장용기의 재사용, 포장제품의 재포장 금지 등 다양한 정책을 실시해오고 있다.

• 포장재질규제

재활용이 쉽고 중금속이 함유되지 않은 포장재를 사용하기 위한 정책이다. 포장재질에 관해 그동안 시행된 정책들을 살펴보면 1993년 완구, 인형 등 종합 제품에 발포폴리스티렌의 사용을 금지하였고, 1995년에는 「가전제품포장용 합성수지 재질 완충재 감량화 지침」을 제정하였다. 2001년에는 재활용이 어렵고 소각 시 다이옥신 등의 대기오염 물질을 배출하는 PVC의 수축, 첩합, 코팅한 포장재의 사용을 금지하였고, 2004년부터는 김밥, 햄버거, 샌드위치, 튀김식품, 계란, 메추리알 등에 PVC 포장재의 사용을 금지하였다. 2006년에는 포장재에 중금속 함유량을 제한하는 제도를 실시하였고 포장용 완충재로 사용되는 발포폴리스티렌의 규제 범위를 확대하였다.[4]

• 포장방법규제

과대포장이나 불필요한 포장을 억제하기 위한 정책으로 포장검사 제도를 도입하여 포장횟수와 포장공간비율을 제한하고 있다. 포장횟 수는 의류의 경우 1차 이내로 포장하고 나머지 상품은 2차 이내로 제 한하고 있으며 포장공간비율은 10~35%의 범위 이내로 규정하고 있 다. 예를 들어 가공식품의 경우 포장공간은 15% 이하, 포장횟수는 2 차 이내로 제한하고 있다.

• 합성수지포장재의 연차별 줄이기

농수산물의 도매시장이나 종합 유통센터 등의 대형 매장에서 연도 별로 목표량을 정하여 줄이는 제도다. 대상 포장재는 사과나 배의 받 침 접시, 청과부류 받침 접시, 축산 및 수산부류 받침 접시 등이다. 예 를 들어 사과나 배의 받침 접시의 경우 2004년 15%이상, 2006년 20% 이상, 2007년 이후 25%이상 줄이는 정책을 시행하고 있다.

• 포장용기의 재사용

포장용기의 재사용을 촉진하기 위하여 총 생산량에서 일정 비율 이 상 재사용할 수 있는 제품을 생산토록 하는 정책이다. 예를 들면 샴푸 나 린스의 경우 그 비율이 25% 이상이며, 합성수지 용기를 사용한 세 제 종류는 50% 이상, 분말 커피 종류는 70% 이상 등으로 되어있다.

• 포장제품의 재포장 금지

포장 쓰레기를 줄이기 위하여 재포장을 규제하는 정책이다. 2021년부터 유통사나 대리점 등에서 판촉, 증정, 사음품 등의 행사 기획을 위해 추가로 묶어 포장하는 소위 '1+1' 또는 'N+1' 형태의 재포장이나 중간포장이 금지된다. 단, 구매자가 선물 포장 등으로 요구하는 경우는 예외로 간주한다.[5]

포장문화도 다이어트가 필요한 시대다. 과대포장을 억제하는 다양한 제도를 시행하고 있지만 포장 폐기물이 쉽게 줄어들지 않는 것은 상품의 마케팅 기능이 강조되면서 포장지의 절대량이 늘어났기 때문일 것이다. 소비자가 더 화려하고 편리한 포장을 원한다면 기업도 과대포장의 유혹을 떨쳐버리기 어렵다. 장바구니를 이용하고, 친환경 포장재를 선택하고, 가능한 그 지역에서 생산되는 농수축산물을 이용하는 등 환경을 생각하는 소비문화가 정착되어야 한다.

인벤토리 보고서란

국가에서는 매년 온실가스 인벤토리 보고서를 공표한다.

인벤토리란 배출원별로 온실가스 배출량을 일목요연하게 작성한 통계 시스템이다. 탄소중립을 달성하려면 분야별 온실가스 배출량을 알아야 구체적인 감축량을 산정할 수 있기 때문에 인벤토리 보고서는 반드시 필요한 통계 자료다. 우리나라는 1993년 유엔기후변화협약에 가입하였고 IPCC의 지침에 따라 인벤토리 작업을 수행해오고 있으며 처음에는 「에너지기본법」에 의해 지식경제부에서 관장하던 것을 2010년 「저탄소 녹색성장 기본법」이 제정되면서 환경부로 이관되었고 같은 해에 설립된 온실가스종합정보센터에서 총괄하고 있다.[6]

1997년 교토의정서 체결 당시 우리나라는 개발도상국 지위로 온실가스 의무감축 국가가 아니었으므로 유엔기후변화협약에 인벤토리 보고서를 제출할 의무는 없었고 대신 잠정적인 감축목표(INDC)를 담은 국가 보고서와 격년갱신 보고서를 제출해왔다. 유엔기후협약의 당사국은 3년 이내에 최초의 국가 보고서를 제출해야 하고 이후 4년마다 제출토록 되어있는데 우리나라는 2019년 제4차 보고서까지 제출하였다. 한편 국가 보고서에서 정한 감축실적과 정책의 변경, 수정사항 등을 작성하여 2년마다 격년갱신 보고서를 제출하고 있으며 2014년 제 1차 격년갱신 보고서 이후 2021년 제4차 보고서까지 제출하였다.[7] 주요 내용은 1990년부터 2018년까지의 국가 온실가스 배출량 통계와 분야별 감축정책 및 실적 등을 담고 있는데 그 기초 자료로 활용된 것이 바로 인벤토리 보고서다.

2015년 파리기후협정이 체결되면서 교토의정서에서 일부 선진국에만 부여했던 기존의 감축 의무를 폐지하고 모든 국가가 자발적으로 온실가스 감축에 공헌할 수 있는 객관적인 목표(NDC)를 제출하는 정책으로 바뀌었다. 교토의정서의 시효는 2020년까지였으며 그 이후는 파리기후협정에 따라 당사국은 그 이전에 제출했던 INDC를 갱신하거나 다시 제출해야 했고 명칭도 INDC에서 NDC로 바뀌었다. 우리나라는 2015년 온실가스 감축 목표를 국제 사회에 공표하였고 이를 이행하기 위해 2016년에 국가 온실가스 감축 목표 달성을 위한 기본 로드맵을 수립하였으며, 이후 몇 번의 수정을 거쳐 감축량을 상향 조정하여 2018년 「2030 온실가스 감축 로드맵 수정안」을 발표했다. 2019년 세계무역기구(WTO)에서 개발도상국지위를 포기하면서 공식적인 선진국이 되었고 온실가스 배출량도 세계 10위권이며 기후변화 대응을 위한 국제적인 책임도 그만큼 커졌다.

온실가스종합정보센터에서는 배출원을 에너지, 산업공정, 농업, LULUCF, 폐기물 분야로 구분하여 국가 온실가스 인벤토리를 산정해 오고 있다. 에너지부문에는 에너지 산업, 제조업 및 건설업, 수송 분야 등이 포함되며 LULUCF는 토지이용, 토지이용 변화 및 임업 분야를 나타내는 것으로 산림이나 초지의 흡수량도 여기에 포함된다. 따라서 총 배출량 중에서 LULUCF의 배출 및 흡수량을 가감하여 순배출량을 산정한다. 온실가스의 종류는 교토의정서에서 정의한 이산화탄소, 메탄, 아산화질소, 수소불화탄소, 과불화탄소, 육불화황 등 6가지이며 IPCC 제시한 지구온난화지수(GWP)를 사용하여 이산화탄소 배출량으로 환산한다. 인벤토리 작업은 환경부, 농림축산식품부, 산업통상자원부, 국토교통부, 해양수산부, 농촌진흥청, 산림청, 통계청 등의 각 산하기관들이 참여하고 있으며 온실가스종합정보센터에서 최종 심의를 거쳐 매년 12월까지 확정한 다음 홈페이지 등에 공표한다.[8]

2021년 국가 온실가스 인벤토리 보고서에 의한 우리나라의 온실가스 배출량 추이를 보면 1990년 2억9천2백만 톤에서 2019년 7억1백만 톤으로 지난 30여 년간 약 2.4배 증가되었고 같은 기간 1인당 온실가스 배출량도 6.8톤에서 13.6톤으로 2배 늘어났다. 부문별 배출량은 에너지 분야가 압도적으로 많았고 그 다음이 산업공정, 농업, 폐기물 순이었다. 한편 산림의 온실가스 흡수량은 꾸준히 증가하다가 2008년에 약 6천1백만 톤으로 정점을 찍은 후 계속 줄어드는 경향을 보이면서 2019년엔 30%정도 감소했다. 탄소 배출량은 늘어나고 산림의 흡수량은 줄어드는 통계 숫자만으로도 2050년 탄소중립이 얼마나 힘든 과정인지 확인해 볼 수 있다. 이렇듯 탄소중립을 달성하기 위한 계획을 수립하고 어느 부분에서 얼마만큼의 탄소를 줄여야 할지 그 계산을 할 수 있도록 부문별 통계 자료를 제공해 주는 것이 바로 인벤토리 보고서다.

지구는 한 몸

　우주에 변하지 않는 영원한 것은 없다.

　물질이든 생명이든 시간이 지나면 예외 없이 늙고, 낡고, 헐어서 소멸된다. 하루살이도, 사람도 그리고 지구도 시간 차이만 있을 뿐 생겨난 것은 반드시 사라지고 태어난 것은 반드시 죽는다. 넓고 복잡해 보이는 지구도 92종류의 자연원소로 이루어졌으며 더 작게 쪼개면 양성자, 중성자, 전자의 3가지다. 만물은 질서가 있는 상태에서 무질서한 상태로 되려하고, 이름이 있는 것에서 이름 없는 것으로 바뀌고, 의미 있는 상태에서 무의미한 상태로 변하면서 엔트로피가 증가하는 방향으로 흘러가지만 우주 전체의 에너지 총량은 변함없다. 이것이 에너지 보존법칙이다.

　가끔 '동물의 왕국'이라는 다큐멘터리 프로그램을 본다. 1970년대쯤 처음 봤던 이 프로그램은 50여년이 지난 지금도 여전히 신비스럽고 생동감이 넘친다. 광활한 자연 속에서 먹고 먹히는 동물들의 약육강식을 보면 자연 질서와 생명에 대해 다시 생각하게 된다. 수천, 수만 마리의 누 떼가 새로 돋아난 연한 풀을 뜯기 위해 악어가 득실대는 급류에 뛰어들어 필사적으로 강을 건너는 장면이나, 갓 태어난 새끼가 몇 분안에 일어서서 껑충껑충 뛰는 모습을 보면 우울했던 기분이 사라지고 심장이 뜨거워진다. 반면 백수의 왕인 수컷 사자가 치타나 다른 사자 무리의 앙증맞은 어린 새끼들을 발견 즉시 모조리 물어 죽이는 장면은 충격적이고 잔인하다. 그러나 모든 현상은 그 자체로 자연일 뿐 인간의 잣대로 평가하는 것은 무의미하다. 생명이란 또 다른 생명의 죽음을 전제로 끝없이 순환토록 설계된 것이 자연의 프로그램인 것 같다.

동물의 왕국에서 가장 역동적인 장면은 사냥이다. 그 중에서도 시속 100km에 가깝게 달리며 사슴을 쫓는 치타의 질주가 압권이다. 대개 이 장면은 슬로비디오로 반복해서 보여주기도 하는데 뉴턴의 운동법칙인 관성의 법칙, 속도와 가속도의 법칙, 작용 반작용의 법칙이 적나라하게 펼쳐진다. 사바나에서 감정은 사치다. 치타에 목이 물린 사슴의 눈망울을 본적이 있는가. 죽음에 대한 극한의 공포로 헐떡이다 숨을 거두면 이번엔 신선한 고기를 앞에 놓고 치열한 먹이 쟁탈전이 벌어진다. 사냥에 성공한 치타가 배를 다 채우기도 전에 하이에나 무리가 나타나 주인을 쫓아내고 게걸스럽게 먹는다. 하늘을 빙빙 돌던 대머리 독수리 떼가 바글바글 내려앉아 성가시게 덤벼들면 하이에나도 더 이상 고기에 대한 미련을 버리고 모자란 듯 자리를 뜬다. 대머리 독수리들은 작은 머리와 뾰족한 부리로 구석구석 틈바구니에 낀 고깃점까지 알뜰하게 쪼아 먹으면 사체는 순식간에 뼈만 드러난다. 하루해가 지기도 전에 이번엔 파리가 알을 슬어 득실득실 구더기 떼가 마지막 남은 살점까지 핥아 먹으면 사체는 앙상한 백골이 되고 초원의 한 공간을 차지하며 생동감 넘치게 살아 움직였던 생명은 온데간데없이 사라진다. 사슴은 이제 유(有)에서 무(無)로 된 것일까?

1905년 아인슈타인은 $E=mc^2$이라는 공식을 발표했다. 여기서 E는 에너지(Energy)고 m은 질량(mass)이며 c는 빛의 속도로 E와 m이 변수라면 c는 일종의 상수로 볼 수 있다. 한글로 풀어쓰면 '에너지=물질×(빛의 속도의 제곱)'이 된다. 눈에 보이는 모든 물질은 그에 상당하는 에너지를 갖고 있으며, 역으로 보이지 않는 에너지 또한 그에 대응하는 물질로 변환될 수 있다. 물질과 에너지는 등가(等價)이며 서로 치환된다는 이론이다.

사바나에도 이 이론이 잘 적용된다. 치타가 사슴을 사냥하던 장면을 빨리 돌리면 눈앞에서 펄펄 살아 숨 쉬던 사슴 한마리가 순식간에 증발해 버린다. 반대로 필름을 천천히 거꾸로 돌려보면, 앙상했던 뼈는 살점이 붙으면서 사슴의 사체로 바뀌고 죽은 사슴이 다시 벌떡 일어서면서 치타에게 쫓기다가 초원에서 평화롭게 풀을 뜯는 처음의 모습으로 되돌아간다. 이 두개의 영상을 번갈아보면 질량과 에너지가 등가라는 $E=mc^2$의 이론이 쉽게 이해되는 과학 공부를 하게 된다. 사슴이라는 질량(m)은 치타, 하이에나, 대머리 독수리 등의 피와 살이 되고 운동에너지(E)로 쓰인다. 사슴이라는 정보는 사라졌지만은 다른 형태로 물질과 에너지가 이동한 셈이고 완전히 사라져 무(無)가 된 것은 아니다.

만물은 때가 되면 예외 없이 소멸된다. 사바나도 그렇다. 왕성했던 시절 자기 몸의 몇 십 배에 해당하는 기린이나 코끼리까지 사냥했던 사자도 늙으면 더 이상 사냥을 할 수 없고 무리에서 이탈되어 먹다 남긴

고기로 연명할 만큼 초라해진다. 굶주리고, 푸석하고, 앙상한 몰골로 떠돌이 생활을 하다 자신의 운명을 알아차린 어느 날 나무 그늘 밑에 자리를 잡고 숨을 헐떡이며 조용히 에너지로 흩어진다. 마지막 순간 사자는 무엇을 떠올릴까? 화려했던 지난날을 그리워할까? 아니면 더 살기를 희망할까? 인간의 공연한 망상일 뿐이다. 사자는 아마도 비가 오면 새순이 돋아나듯 혹은 낙엽이 지듯 '아무 감정 없음'일지도 모른다. 골치 아픈 인간은 또 궁금하다. 사자의 영혼은 어떻게 되었을까? 어쩌면… 바람이 되지 않았을까? 탄생과 죽음이 질량과 에너지의 끊임없는 순환이라면 우주 전체를 하나의 계(界)로 보고 질량과 에너지의 총량은 늘 변함없이 보존된다는 것이 열역학 제1법칙이며 에너지보존법칙이다. 물론 아인슈타인의 $E=mc^2$도 넓은 범위의 에너지보존법칙이다. 여기서 잠간, 반야심경의 그 심오한 경구 색즉시공 공즉시색(色卽是空 空卽是色)도 색(色)을 질량으로 공(空)을 에너지로 이해하면 지나친 억지가 될까?

동물의 왕국도 에너지보존법칙이 적용된다. 일종의 순환 시스템이다. 물질과 에너지가 서로 치환되어 돌고 돌 뿐, 애초에 무(無)에서 유(有)로 되거나 또는 유(有)에서 무(無)로 되는 존재는 없다. 앞서 떠난 지구상의 모든 생명들 또한 어딘가에서 구름으로, 비로, 흙으로 혹은 예쁜 들꽃으로 여전히 존재할 것이다. 만물은 필생필멸(必生必滅)하지만 동시에 불생불멸(不生不滅)이다. 하나에도 전체가 존재하고 전체도 한 몸이다. 따라서 한곳에 문제가 생기면 전체 시스템에 영향을 미칠 수밖에 없다. 지구촌의 환경 문제도 이와 같을 것이다.

【참고문헌】

제1부 기후변화와 탄소중립

(1) 기상청, 기상자료개방포털, 계절관측

(2) 기상청, 계절관측지침 전문, 2016.7.

(3) 기상청, 국립기상과학원, 우리나라 109년(1912~2020년) 기후변화 분석보고
서, 2021.4.)

(4) 레이첼 카슨, 옮긴이 김은령, 2011, pp.25~28

(5) 환경부, 국가온실가스인벤토리보고서, 산림지부문의 국가고유계수, 2021

(6) 김백민, 우리는 결국 지구를 위한 답을 찾을 것이다, 2021, p.154

(7) 기상청 기후정책과, 「지구온난화 1.5℃」SPM 주요 내용, 2018.10.

* SPM : 정책결정자를 위한 요약본(Summary for Policy Makers)

(8) 김백민, 우리는 결국 지구를 위한 답을 찾을 것이다, 2021, p.172

(9) 기상청 기후정보포털, www.climate.go.kr

(10) 최영은, 송치만 등, 지구온난화 1.5℃ 특별보고서 해설서, 기상청, 2020

(11) 기상청, 국립기상과학원, 우리나라 109년(1912~2020년) 기후변화 분석보고
서, 2021.4.

(12) 농촌경제연구원, 강원도 작목전환 주류화 사례, 농업전망 2019

(13) 정우석, 김성섭 등, 아열대 작물의 국내 재배 동향 및 주산지 분석, 한국산
학기술학회논문지 제21권 제12호, 2020

(14) 한인성, 이준수 등, 국립수산과학원, 수산분야 기후변화 평가백서, 2019.12.

(15) 국립축산과학원, 가축 더위지수 미리보기로 폭염피해 예방, 2020

(16) 기상청, 기후정보포털, 우리나라의 기후변화 영향(소책자)

(17) 국립축산과학원, 기상관측(온도, 습도) 자료(2010~2018) 기반 가축 더위지
수 분포도 변화정보 활용, 영농기술정보

(18) 임종환, 박고은 등, 국립산림과학원, 임업·산림분야 기후변화 영향 실태조

사 및 평가 지침, 2021.6.

(19) 김은숙, 정성철 등, 국립산림과학원, 임업·산림부문 기후변화 영향 실태조사 및 DB 플랫폼, 2021.4.

(20) 김백민, 우리는 결국 지구를 위한 답을 찾을 것이다, 2021.9., p.325

(21) 온실가스종합정보센터, 2021 국가온실가스 인벤토리보고서, 2022.04.

(22) 마이클 셸런버거, 지구를 위한다는 착각, 2021, pp.270~271

(23) KOSIS 국가통계포털(kosis.kr), 국제통계

(24) 김백민, 우리는 결국 지구를 위한 답을 찾을 것이다, 2021, pp.319~320

(25) 조선일보, 김성태 기자, [뉴스탐험대] 뉴질랜드, 소·양 트림에 세계 최초 세금 부과, 2022.6.10.

(26) 농민신문, 이연경 기자, 뉴질랜드, 소·양 트림에 세금 물린다, 2022.10.19.

(27) 농촌진흥청, 국립축산과학원, 스마트한 축산통계 30, 2021. 2호

(28) 한국환경연구원, 대한민국탄소중립 2050, 2021, p.281

(29) 한국환경연구원, 대한민국탄소중립 2050, 2021, p.279

(30) 한삼희의 환경칼럼, ‘저질러진 기후 붕괴’ 아직 한참 남았다, 조선일보, 2021.03.10.

(31) 김백민, 우리는 결국 지구를 위한 답을 찾을 것이다, 2021, pp.154, 191

(32) 김백민, 우리는 결국 지구를 위한 답을 찾을 것이다, 2021, pp.199~200

제2부 미래의 에너지 수소

(1) 국가법령정보센터, 「대기환경보전법」

(2) 국가법령정보센터, 「환경친화적 자동차의 개발 및 보급 촉진에 관한 법률」

(3) 무공해차 통합누리집(www.ev.or.kr), 전기차 소개, 전기차 보급목적

(4) 국토교통부 보도자료, 자동차 누적등록대수 2,535만대… 전기차 30만대 돌파, 2022.10.27.

(5) 한국환경연구원(KEI), 대한민국 탄소중립, 탄소중립과 모빌리티 혁명,

2021.11. p.138

(6) 권순우, 수소전기차 시대가 온다, 2019.4., pp.124~125

(7) 국가법령정보센터, 「신에너지 및 재생에너지 개발·이용·보급 촉진법」(약칭 신재생에너지법),

(8) 한국전력공사, 제91호(2021년) 한국전력통계, 2022.5.

(9) 김용환, 김진영 등, 탄소중립, 2021, p.304

(10) KEI, 대한민국 탄소중립, 탄소배출 없는 전기에너지 2050, 2021, p.78

(11) 장윤성, 한희 등, 국립산림과학원, 산림과 탄소이야기, 2022.4.

(12) 온실가스종합정보센터, 2021 국가온실가스 인벤토리보고서, 2022.04.

(13) 이선정, 임종수, 강진택, 국립산림과학원, NIFoS 주요 산림수종의 표준탄소 흡수량(ver.1.2), 2019.7.

(14) KEI, 대한민국 탄소중립, 배출되는 탄소를 저장·활용하다, 2021, p.246

제3부 생활 속의 탄소발자국

(1) 김형자, 76억 인간보다 박테리아 총 무게가 1200배 무거워요, 조선일보, 2021.6.29.

(2) 국가법령정보센터, 「녹색제품 구매촉진에 관한 법률」

(3) 국가법령정보센터, 「환경기술 및 환경산업 지원법」

(4) 국가법령정보센터, 「자원의 절약과 재활용촉진에 관한 법률」

(5) 국가법령정보센터, 「산업기술혁신 촉진법」

(6) 환경부, 보도자료, 녹색소비 흐름에 발맞춰 환경표지 인증기준 개편, 2022.5.30.

(7) 환경부, 탄소중립 생활실천 안내서, 요약편, 2021.08. p.97

(8) 한국 기후·환경네트워크, www.kcen. kr

(9) 온실가스종합정보센터, 2021 국가온실가스 인벤토리보고서, 2022.04.

(10) 한국전력공사, 2021년 KEPKO in Brief, 2022.4.27.

(11) 에너지경제연구원, www.keei.re.kr

(12) KESIS 국가에너지통계 종합정보시스템, www.kesis.net

(13) 환경부, 2020상수도통계, 2021.

(14) 환경부, 탄소중립 생활실천 안내서, 2021.08.

(15) 한국 기후 · 환경 네트워크(www.kcen.kr), 온실가스 1인 1톤 줄이기

(16) 환경부고시 제2022-102호, 탄소포인트제 운영에 관한 규정, 2022.5.30.

(17) 탄소포인트제 홈페이지(cpoint.or.kr)

(18) 기획재정부, 시사경제용어사전, www.moef.go.kr

(19) 국가법령정보센터, 「탄소중립기본법」

(20) 국가법령정보센터, 「온실가스 배출권의 할당 및 거래에 관한 법률」

(21) 한국전력공사, 제91호(2021년) 한국전력통계, 2022.5.

(22) 온실가스종합정보센터, 유엔기후변화협약(UNFCCC)에 따른 제4차 대한민
     국 격년갱신보고서, 2021.12., p.39

제4부 플라스틱 너는 누구냐

(1) 찰스 무어, 커샌드라 필립스, 이지연 옮김, 플라스틱바다, 2020. pp.12~15

(2) 김청, 플라스틱 포장기술, 2018.11., pp.33~36

(3) 사토 겐타로, 송은애 옮김, 세계사를 바꾼 12가지 신소재, 2019., pp.226~230

(4) 김청, 플라스틱 포장 기술, 2018. pp.65~67

(5) 김청, 플라스틱 포장 기술, 2018. p.31

(6) 강신호, 이러다 지구에 플라스틱만 남겠어, 2019. pp.105~107

(7) 장용철, 순환경제를 위한 플라스틱의 전과정 관리, 2020, pp.24~26

(8) 김청, 플라스틱 포장 기술, 2018. pp.45~46

(9) 손영혜, 잘 버리면 살아나요, 2020., p.74~77

(10) 장용철, 순환경제를 위한 플라스틱의 전과정 관리, 2020, p.23

(11) 김청, 플라스틱 포장 기술, 2018. p.3

제5부 바다로 간 플라스틱 폐기물

(1) 미힐 로스캄 아빙, 김연옥 옮김, 플라스틱 수프, 2020, p.59

(2) 최원형, 착한소비는 없다, 2020, p.34

(3) 손영혜, 잘 버리면 살아나요, 2020, p.97

(4) 환경부, 수돗물 중 미세플라스틱 함유실태 조사결과 발표, 2017.11.24.

(5) 장용철, 순환경제를 위한 플라스틱의 전과정 관리, 2020, p.173

(6) 해양환경정보포털(www.meis.go.kr) 해양폐기물피해

(7) 찰스무어, 커샌드라 필립스, 이지연 옮김, 플라스틱바다, 2020. pp.277~280

(8) 마이클 셸런버거, 노정태 옮김, 지구를 위한다는 착각, 2021, pp.114~119

(9) 미힐 로스캄 아빙, 김연옥 옮김, 플라스틱 수프, 2020, p.34

(10) 장용철, 순환경제를 위한 플라스틱의 전과정 관리, 2020, pp.170~173

(11) 해양환경정보포털(www.meis.go.kr) 해안쓰레기모니터링통계

(12) 국가법령정보센터, 「해양폐기물 및 해양오염퇴적물관리법」

(13) 해양환경정보포털(www.meis.go.kr) 해안쓰레기 수거사업

(14) 미힐 로스캄 아빙, 김연옥 옮김, 플라스틱 수프, 2020, p.104

(15) 찰스 무어, 커샌드라 필립스, 이지연 옮김, 플라스틱바다, 2020. p.365

(16) 한국환경공단(www.keco.or.kr) 분배출표시제도

(17) 국가법령정보센터, 행정규칙, 분리배출 표시에 관한 지침

(18) 홍수열, 그건 쓰레기가 아니라구요, 2020

(19) 손영혜, 잘 버리면 살아나요, 2020.

(20) 고금숙, 우린 일회용이 아니니까, 2020

(21) 김청, 플라스틱 포장기술, 2018., pp.609~617

(22) 국가법령정보센터, 「환경기술 및 환경산업지원법」 제17조

(23) KEITI 한국환경산업기술원(www.keiti.re.kr), 환경표지인증기준

(24) 국가법령정보센터, 「폐기물관리법」 연혁

(25) 환경부, 환경30년사, 2007, p.415

제6부 다이어트가 필요한 과대포장

(1) 환경부보도자료, 다회용기로 음식 주문하세요, 2021.11.9.
(2) 환경부보도자료, 다회용기 재사용 활성화…민관 발전방향 머리 맞대, 2022.6.9.
(3) 환경부보도자료, 배달앱 선택기능 도입, 2021.11.30.
(4) 환경부보도자료, 친환경 냉매 아이스 팩 사용 활성화…2021.5.18.
(5) 마이클 셸런버거, 노정태 옮김, 지구를 위한다는 착각, 2021, pp.114~119

제7부 환경법과 관련 정책들

(1) 환경부, 환경30년사, 2007, pp.570~615
(2) 국가표준인증종합정보시스템, e나라 표준인증(standard.go.kr)
(3) 김청, 포장학 개론, 2020, pp.14~22
(4) 환경부, 환경30년사(2권), 2007, p.441
(5) 환경부, 보도참고자료, '재포장 금지' 세부지침 보완 후, 2021년 1월 집행, 2020.6.22.
(6) 온실가스종합정보센터, 2009년 국가온실가스인벤토리보고서, 2011.12.
(7) 온실가스종합정보센터, 2021년 국가온실가스인벤토리보고서, 2022.04.
(8) 온실가스종합정보센터, www.gir.go.kr